Arthur Block

Der Tag, an dem ein
Chinese eine Fledermaus aß!

Der Tag, an dem ein Chinese eine Fledermaus aß!

Arthur Block

Copyright 2024 – Arthur Block / Helmut Stapel
Verlag: BoD · Books on Demand GmbH,
In de Tarpen 42, 22848 Norderstedt, bod@bod.de
Druck: Libri Plureos GmbH, Friedensallee 273,
22763 Hamburg
ISBN: 978-3-7693-5065-4

Arthur Block

Dieser Name steht nicht nur für spannende Unterhaltung, sondern auch für den Menschen hinter dem Namen. Arthur Block ist Helmut Stapel, international arbeitender Journalist und Universitätsdozent für Literatur und Journalismus.

Das Synonym verbindet Tradition mit Innovation. Arthur Block war der Großvater des Autors. Er trägt das Namenserbe als Helmut A. H. Stapel mit seinen Vornamen weiter – und als „Arthur Block" seine Romane auf Deutsch und Englisch in die Welt. Die Internationalität des Synonyms steht gleichzeitig für die Relevanz der Romanthemen. Die Arbeit an „Der Tag, an dem ein Chinese eine Fledermaus aß!" wurde mit einem Kulturstipendium der Bundesrepublik Deutschland unterstützt.

Hätte Feng gewusst, was an diesem Tag geschehen würde, wäre er vielleicht im Bett geblieben. Aber so sprang er fröhlich unter der Decke hervor und ging wie jeden Morgen zuerst zum Fenster. Er wollte sehen, wie das Wetter war und der Verkehr. Feng war Taxifahrer in Wuhan und trotz Smog, Stau, Lärm und Menschenmassen eigentlich immer gut gelaunt. Das lag zu einem großen Teil auch an seiner Frau Lan. Sie kümmerte sich um den Haushalt und um ihn, versorgte ihn mit Essen für den langen Tag im Taxi. Und meistens hatte sie auch etwas Leckeres gekocht, wenn er abends wieder nach Hause kam. Und „lecker" hieß nicht nur einfach „lecker", sondern „sehr lecker".

Feng strich sich die dichten schwarzen Haare aus der Stirn. Seine Frau meinte ja, er müsste öfter mal zum Friseur gehen. Aber ihn störte das nicht. Er ließ sich meistens erst die Haare schneiden, wenn er sich für den Blick in den Rückspiegel im Taxi die Haare zur Seite streichen musste. Feng zog den Vorhang auf. Das Morgenlicht versuchte nicht nur durch die schmutzige Scheibe zu dringen, sondern auch durch die dunstige Luft der Stadt. Schon jetzt morgens um sieben Uhr wirkte alles etwas milchig. Gebäudeumrisse, Strommasten, Baugerüste, Bäume, Autos, Straßenlaternen – alles sah ein bisschen so aus wie in den amerikanischen Kinofilmen, wenn der Tag begann und selbst in den Küchen der Häuser die Luft irgendwie golden war. Das war zwar in der Küche von Fengs kleiner Wohnung niemals so. Aber trotzdem hob der Blick aus dem Fenster seine Laune noch mehr und er freute sich auf den Tag.

„Ah, Du bist wach", streckte seine Frau den Kopf ins Schlafzimmer. Sie stand meistens morgens schon ganz früh und vor allem sehr leise auf, wenn er Nachtschicht hatte und wie ein Toter neben ihr im Bett lag – abgesehen davon, dass Feng schnarchte wie nichts Gutes. Vielleicht war auch das ein Grund, warum Lan sich schon so früh aus dem Zimmer schlich. Aber vor allem machte es ihr große Freude, ihrem fleißigen Mann ein kleines Frühstück zu zaubern. Sie wollte, dass er sich freute, wenn er aufstand. Am meisten brauchte er das an den Tagen, wenn die Nachtschicht auf die Tagesschicht wechselte. Woanders hätte Feng sicherlich einen Tag Pause dazwischen gehabt – aber nicht in seiner Firma. Gefragt hatte er allerdings selber auch noch nicht danach. Eigentlich war es ihm auch egal. Er mochte seine Arbeit. Er mochte es, mit dem Taxi seine Fahrgäste kreuz und quer durch seine Heimatstadt Wuhan zu fahren. Er hatte einen guten Job.

Seine Frau Lan sah das zwar anders, aber auch das störte Feng nicht. Ganz früher hatte er mal Medizin am Medical College hier in Wuhan studiert, aber schnell gemerkt, dass das Studieren nichts für ihn war. Eventuell lag es auch daran, dass er zu der Zeit wirklich viele und lange Nächte mit seinen Freunden in den Karaoke-Bars in der Innenstadt verbracht hatte und morgens dementsprechend müde war. Zur Uni ging Feng damals immer seltener. Das war auch der Grund, warum seine Eltern ihm kein Geld mehr gegeben hatten. Als er eines Morgens angetrunken mit einem Taxi nach Haus fuhr und der Fahrer ihm von seinem Job erzählte, da wusste Feng: Genau das wollte er machen – auch wenn seine Eltern und seine damalige Freundin Lan nicht gerade begeistert von der Idee waren.

Das war vor zwölf Jahren. Inzwischen war das Jahr 2019 und Feng 35 Jahre alt. Gerade vor zwei Wochen hatte er Anfang September mit seinen Freunden seinen Geburtstag am Ost-See gefeiert. Er liebte es dort. Ganz besonders den Moshanberg, von dem man einen herrlichen Blick auf die Stadt hatte. Auch wenn das Wohnen in Wuhan immer teurer wurde. Feng liebte es, hier zu leben und er mochte die Atmosphäre in seinem Stadtteil Wuchang.

Immerhin war er hier zur Welt gekommen und aufgewachsen. Die kleine 3-Zimmer-Wohnung reichte für ihn und Lan völlig aus. Eigentlich sollte das dritte Zimmer immer ein Kinderzimmer sein. Aber aus irgendeinem Grund hatten die beiden bisher kein Kind bekommen. Lan meinte, das läge daran, das Feng zu faul sei und in allem zu langsam. Er würde es ja nicht mal schaffen, zum Friseur zu gehen.

„Ich gehe dann mal." Keine halbe Stunde später war Feng an diesem Morgen schon startklar für den Arbeitstag. Seine grünen Lieblings-Sneaker, Jeanshose, rotes Polo-Shirt – fertig. Lan drückte ihm wie immer zwei Küsse an der geöffneten Wohnungstür auf: einen für die Liebe auf den Mund und einen auf die rechte Wange für einen glücklichen und erfolgreichen Tag. Immerhin verdiente Feng mit seinem Taxi den Lebensunterhalt für die beiden. Lan half nur ab und zu bei einem Freund im Verkaufsstand auf dem Huanan-Tiermarkt in der Innenstadt aus.

Das mit dem dicken Schmatzer auf die rechte Wange mochte Feng nicht so. Er verzog dabei wie ein kleiner Schuljunge das Gesicht. Das lag aber auch daran, dass Lan sich immer ordentlich Mühe gab, damit es wirklich ein dicker Schmatzer wurde. „Du saugst Dich wie ein Wels an mir fest", beschwerte sich Feng. „Sonst bringt es kein Glück", lachte Lan und wuschelte ihm mit der Hand durch das ohnehin schon störrische und viel zu lange schwarze Haar auf seinem Kopf.

Unten direkt vor dem Haus stand sein Taxi, eine viertürige Limousine. Er mochte die orange-weiße Lackierung mit den weißen Streifen an den Türen. Wenn ihm der Wagen gehören würde, hätte Feng allerdings eher ein vornehmes helles Blau gewählt. Noch fuhr Feng für eines der größten Taxiunternehmen in Wuhan. Sein Traum aber war, sich irgendwann mit einem eigenen Wagen selbständig zu machen. Mindestens einmal im Monat holte er sich Prospekte mit Luxus-Limousinen bei Autohändlern in der Stadt. Ob das Geld dafür jemals reichen würde, stand in den Sternen. Sicher allerdings war, dass der Platz zuhause für die ganzen Prospekte nicht ausreichte. „Eines Tages werfe ich die Dinger weg", schimpfte Lan angesichts der Papierberge, die das 3. Zimmer der Wohnung inzwischen in ein beachtliches Lager für Autoprospekte verwandelt hatten.

Gestern Nacht hatte Feng Glück gehabt mit dem Parkplatz. Besonders im Stadtteil Wuchang wurde es zunehmend schwerer, das Auto abzustellen. Der Verkehr in der Acht-Millionen-Stadt wurde immer dichter. Die Regierung wollte nun das

U-Bahnnetz ausbauen. Feng störte das nicht. Es gab immer Menschen, die Taxi fuhren. Außerdem wusste er, wann und wo am meisten in der Stadt los war. Internationale Flüge, jährliche Kongresse, Großveranstaltungen, Rush-Hour an den drei Bahnhöfen – in Wuhan gab es für Taxifahrer immer etwas zu tun.

Feng öffnete die Beifahrertür. Er legte den Stoffbeutel mit seinem Mittagessen auf den Beifahrersitz. Hineinsehen brauchte er nicht. Seine Frau gab ihm gern vorgebackene, kalte Frühlingsrollen mit auf den Weg – meistens montags, weil sie vom Wochenende übriggeblieben waren. Feng blickte zwischen den mehrstöckigen Häusern die Straße hinunter. Dahinten wartete der Weg in die Innenstadt und der Fluss. Die Brücke über den Jangtsekiang wurde morgens immer mehr zum Nadelöhr für den Berufsverkehr. Feng streckte sich nach links und rechts, atmete tief ein und aus. Die Luft hatte sich über Nacht nicht sehr abgekühlt. Es war Mitte September und jetzt am Morgen schon 20 Grad warm. Die Regenzeit war zwar gerade vorbei. Trotzdem herrschte eine Luftfeuchtigkeit, die sein Hemd am Körper kleben ließ und das Atmen schwer machte.

Feng konnte ein Gähnen nicht unterdrücken. Die Nacht war

wohl doch etwas kurz gewesen. Er hörte ein lautes Klopfen und sah nach oben. Am Wohnungsfenster stand Lan, wedelte mit der Hand und bedeutete ihm mit einer energischen Kopfbewegung, endlich mit der Arbeit anzufangen. Feng lachte und winkte ab. Er kannte den Humor seiner Frau. Manchmal allerdings war er sich nicht ganz sicher, was sie ernst meinte und was nicht. Dementsprechend war sein Lächeln etwas verunglückt, als er den Motor anließ und sich nach einem Blick in den Rückspiegel auf den Weg machte. Feng strich sich das Haar aus der Stirn. Vielleicht sollte er nun doch bald mal zum Friseur gehen.

Kaum war Feng zwischen den kleinen Geschäften aus der Seitengasse auf die Hauptstraße abgebogen, steckte er auch schon im Verkehr fest. Hätte der Fahrer des verbeulten blauen Lkw ihn nicht vorgelassen, würde er wahrscheinlich noch am Neujahrsfest dort mit seinem Blinker stehen und aufs Abbiegen warten. Sein Arbeitshandy klingelte. Feng schaltete mit einem Knopfdruck auf die Freisprechanlage um. Er wusste nur zu genau, wo hier entlang der National Road die Kameras zur Verkehrsüberwachung hingen. Gerade erst vergangene Woche hatte er nicht aufgepasst und war mit dem Handy am Ohr fotografiert worden. Die Bewegungserkennung der Polizei-Kameras löste inzwischen auch aus, wenn das Programm eine Handy-Nutzung vermutete. Ein teurer Spaß, der Fengs Limousinen-Traum wieder ein kleines Stück weiter in die Zukunft gerückt hatte.

„Feng, wie geht es Dir? Müde?", meldete sich sein Kollege Bao fröhlich über den Lautsprecher. Er arbeitete in der Taxizentrale und schien niemals irgendwo anders zu sein. Feng hatte deshalb schon vermutet, dass sein Kollege inzwischen durch einen Computer ausgetauscht worden war. Aber zum Glück sahen die beiden sich ab und an, wenn der Rhythmus des Schichtwechsels stimmte und Feng das Taxi für die Übergabe zur Firma zurückbrachte. Bao war immer noch aus Fleisch und Blut.

„Ja, ein bisschen – aber Lan hat mich heute Morgen ordentlich auf Trab gebracht", lachte Feng und Bao lachte mit.

„Jaja, das kann sie. Aber sei froh, dass Du eine Frau hast. Ich war gestern Nacht in den Bars unterwegs und hatte wieder kein Glück. Bin nur genauso müde wie Du."

Feng ließ das Taxi langsam anrollen und achtete auf den Verkehr vor ihm. Es ging schnell genug, dass jemand plötzlich bremste und man unkonzentriert beim Telefonieren hinten auf der Stoßstange saß.

„Hast Du Arbeit für mich?"

„Ja, das Institut für Virologie. Zwei Fahrgäste wollen zum International Conference und Exhibition Center am Zongshan-Park. Ich denke, da ist wieder einmal ein Kongress. Sie scheinen es eilig zu haben, klangen jedenfalls völlig hektisch. Gib mal ordentlich Gas und spiel nicht mit Deiner Katze rum."

Feng musste lachen und gab der goldenen Katzenfigur auf der Konsole unter dem Rückspiegel einen Stupser mit dem Finger. Sofort bewegte sich der rechte Arm und fing an zu winken. Feng mochte diese Katze. Sie war sein persönlicher Glücksbringer – auch wenn inzwischen fast jeder Taxifahrer in Wuhan so ein Ding auf dem Armaturenbrett stehen hatte. Manche Kollegen hatten eine hüftenschwingende Elvis-Figur oder die winkende englische Königin. Einer hatte sogar Albert Einstein, der den Fahrgästen einen Vogel zeigte.

Das ging Feng eindeutig zu weit. Immerhin bezahlten die Leute ja seinen Lebensunterhalt. Er war immer freundlich zu seinen Fahrgästen, fragte woher sie kommen und was sie so machen. Beim ersten Auftrag seiner heutigen Schicht war das keine Frage. Die arbeiteten dort im Institut mit Viren. Allerdings war die Frage, welches Viren-Institut sein Kollege Bao meinte. Es gab zwei davon in Wuhan: Eines direkt neben dem

Huanan-Tiermarkt und ein weiteres Institut weiter raus aus der Stadt, gut 13 Kilometer über den Fluss rüber im Stadtteil Jinagxia. Hoffentlich warteten seine Fahrgäste nicht dort. Das war eine weite Fahrt und im Berufsverkehr eher mit Stau als mit Vorankommen verbunden.

Das erste Virenlabor war das Zentrum für Seuchen-kontrolle und -prävention als staatliche Behörde in der Mitte der Stadt am Huanan Tiermarkt. Seit dem Ausbruch der Lungenkrankheit SARS im Jahr 2002 forschten die Wissen-schaftler dort an verschiedenen Virenarten, um bei anderen Ereignissen dieser Art zukünftig besser vorbereitet zu sein und schnellstmöglich einen Impfstoff zu haben. Damals waren weltweit mehr als 700 Menschen an der Infektion gestorben, die durch den Coronavirus SARS-CoV-1 ausgelöst wurde. Als Auslöser galt eine Wildkatzenart, die auch auf Tiermärkten geschlachtet und gegessen wurde.

Das wusste Feng durch sein Medizinstudium. Sein Studien-gang hatte sich das Labor einmal während einer Exkursion an-gesehen. Damals hatten die Forscher ihre Projekte vorgestellt – unter anderem auch mit Corona-Viren von Fledermäusen, die dort im Labor gehalten wurden. Und das zweite Labor war das Wuhan Institut für Virologie. Tatsächlich befand sich dort inzwischen das größte Virenlager in ganz Asien mit 1500 verschiedenen, teils hochinfektiösen Virenstämmen. Das wiederrum wussten nur die wenigsten Leute hier in Wuhan.

„Ah, es ist das Institut für Virologie in Jinagxia", unterbrach Baos Stimme die Gedanken von Feng. „Du musst also wieder über den Jangtsekiang rüber. Tut mir leid, mein Freund."

„Ich drehe um und fahre über die Luoshi Straße am Süd-See vorbei. Das wird einen Moment dauern", antwortete Feng. Er reckte den Hals, um über die Dächer der anderen Fahrzeuge zu sehen. Da vorn kam auf der rechten Seite schon die Pagode des Gelben Kranichs in Sicht. Sie war nicht nur über 50 Meter hoch, sondern stand auch noch zwischen den Bäumen auf dem Schlangenberg. Damit waren die geschwungenen roten Ziegeldächer gar nicht zu übersehen und kurz danach kam dann die Brücke über den Jangtsekiang. Feng blinkte, um nach links auf die zweite Fahrspur zu kommen. Da vorn kam eine Rechtsabbiegerspur. Dort konnte er umdrehen.

„Na dann pass mal auf, dass Du Dir da im Labor nichts einfängst", lachte Bao am Telefon. "Wir brauchen Dich ja noch."

Feng wusste genau, was sein Kollege meinte. Das Viren-Labor war erst 2018 als zentrales Lager für hochgradig ansteckende Krankheitserreger ausgebaut worden. Seitdem gab es unter Taxifahrern in Wuhan den Scherz: „Wenn Du jemanden aus dem Viren-Labor fahren kannst oder eine Suppe essen – iss lieber eine Suppe." Feng hatte aber gerade erst angefangen zu arbeiten und ihm war weder nach Feierabend noch nach einer Suppe. Außerdem glaubte er ohnehin nicht daran, dass irgendjemand aus der Einrichtung irgendwas übertragen könnte. Dafür waren die Sicherheitsauflagen viel zu hoch. Er selbst hatte sich auch dieses Labor in seiner Studienzeit mal angesehen. Inzwischen waren die Sicherheitseinrichtungen dort sogar noch verschärft worden. Das Institut für Virologie hatte die Sicherheitsstufe 4 – die höchste Absicherung nach weltweitem Standard für Virenlabore. Das Labor des Zentrums für Seuchenkontrolle und -prävention am Huanan Tiermarkt hatte nur die Sicherheitsstufe 2.

***

Als er vor dem modernen Gebäudekomplex ankam, standen dort schon seine beiden Fahrgäste. Es waren zwei Chinesen, eine Frau und ein Mann. Sie hatte ein schwarzes Kostüm an, er einen schwarzen Anzug mit weißem Hemd und dunkler Krawatte. Die Beiden winkten und kamen dem Wagen mit großen Schritten entgegen.

„Na, die haben es aber wirklich eilig", dachte sich Feng und hielt an. Die Frau öffnete die Seitentür. Der Mann ging um den Wagen herum, stieg ein und ließ sich auf die Rückbank fallen. Beide hatten silberne Aktenkoffer aus Aluminium dabei. Ihr Gesichtsausdruck war nicht gerade fröhlich.

„Na, ein anstrengender Morgen?", fragte Feng. Er drehte sich nach hinten und wollte seine Fahrgäste ein bisschen aufmuntern.

„Zum Hotel am Conference Center im Jianghan Distrikt, bitte." Der Mann blickte stur geradeaus nach vorn durch die Windschutzscheibe. Die Frau tippte mit beiden Daumen hektisch und wortlos einen Text in ihr Mobiltelefon.

„Wie Sie wünschen", nickte Feng, blickte kurz in den Seitenspiegel und fuhr los. Was er dachte, war: „Na, dann nicht." Es gab eben solche und solche Fahrgäste.

Die beiden dort hinten auf dem Rücksitz gehörten auf jeden Fall zur gestressten Sorte. Das hatte sein Kollege Bao am Telefon schon richtig herausgehört. Der Mann kaute hektisch auf seiner Unterlippe und war ziemlich blass. Die Frau schob ständig mit der rechten Hand eine Haarsträhne aus der Stirn, machte dabei ein pustendes Geräusch mit dem Mund und blinzelte nervös, während sie auf das Telefon starrte. Offensichtlich wartete sie auf eine Antwort.

„Ist es wirklich weg?", fragte nach einer ganzen Weile der Mann völlig unvermittelt und fast nicht hörbar. Er hatte seinen Kopf zur Seite gedreht und sah seine Kollegin mit großen Augen an.

„Ja", nickte sie und presste ihre Lippen zusammen. Ihr Brustkorb hob und senkte sich als ob sie gerade einen Zehn-Kilometer-Lauf hinter sich gebracht hätte.
„Wann hast Du es denn zum letzten Mal gesehen?", wisperte ihr Kollege. „Gestern Abend, bevor ich nach Haus gegangen bin", erwiderte sie leise. „Da stand der Behälter noch im Labor. Als ich heute Morgen nachgesehen habe, war nichts mehr drin. Was ist, wenn jemand es freigelassen hat?"
„Das kann doch alles nicht wahr sein. Das ist eine Katastrophe", zischte der Mann und zeigte auf ihr Handy. „Du hast eine Nachricht bekommen."

Feng hatte mit seinen feinen Ohren alles gehört. Seine Augen waren mit jedem Wort größer geworden. Er versuchte, möglichst neutral auszusehen, aber so richtig gut gelang ihm das nicht. Eine Katastrophe? Was er da gerade von den

Virologen gehört hatte, klang eher nach Weltuntergang. Der Mann wirkte äußerst beunruhigt und sprach jetzt die Frau wieder an.

„Hast Du schon mit jemandem darüber gesprochen?"

Feng gab sich Mühe, nicht in den Rückspiegel zu sehen. Aber irgendwie wurden seine Augen geradezu magnetisch immer wieder dorthin gelenkt. Die Frau schüttelte energisch den Kopf.

„Nein, außer Dir und mir weiß es noch keiner."

„Dann belassen wir es auch dabei. Bevor wir nicht mit dem amerikanischen Privat-Investor gesprochen haben, erfährt niemand etwas von diesem Zwischenfall. Immerhin werden wir im Corona-Forschungsprogramm auch von der US-Regierung finanziell unterstützt. Wenn herauskommt, dass trotz der Sicherheitskontrollen etwas aus dem Labor verschwinden konnte ..."

Der Mann hatte seine rechte Hand beschwörend auf den Arm seiner Kollegin gelegt. Sie sah erst ihn an.

Dann drehte sie blitzschnell ihren Kopf und sah Feng im Rückspiegel direkt in die Augen. Der arme Kerl erschrak dermaßen, dass er fast das Lenkrad verrissen hätte. Ertappt begann er zu pfeifen und blickte nach links aus dem Seitenfenster. Sein Kopf wurde feuerrot. Zum Glück kam die Brücke über den Fluss in Sicht.

„Jetzt sind wir gleich da", verkündete Feng gezwungen fröhlich. Am liebsten hätte er noch ergänzt: „... und ich habe gar nichts gehört."

Als die beiden Virologen die Autotüren zuschlugen und die Steinstufen zum Hotel hocheilten, fiel Feng regelrecht ein Stein vom Herzen. Nicht, dass er sich Sorgen gemacht hätte, seine Fahrgäste würden ihn als Mitwisser und Bedrohung sehen. Immerhin waren es Wissenschaftler. Davon ging Feng zumindest aus. Aber insgesamt war die Situation so beklemmend gewesen, dass er erst jetzt wieder richtig Luft bekam.

Feng ließ die Fensterscheibe runter und atmete tief durch. Dann wählte er die Telefonnummer seiner Frau und gab Gas. Das war einfach unglaublich. Das musste er ihr unbedingt erzählen.

„Ja, hier ist Lan."

„Lan!"

„Ja, sage ich doch."

„Lan!"

„Feng, bist Du das?"

„Ja ... Lan!"

„Was ist denn? Bist du betrunken?"

„Nein, natürlich nicht. Du glaubst nicht, was mir eben passiert ist."

„Das kann ich Dir noch nicht sagen. Ich weiß ja nicht, was es ist."

Feng rutschte ungeduldig auf seinem Sitz hin und her. Manchmal war es aber auch einfach nicht zum Aushalten mit seiner Frau.

„Ich habe eben zwei Virologen vom Labor in Jiangxia in die Stadt gefahren."

„Na, das ist ja sehr ungewöhnlich."

Feng seufzte. Er hasste es, wenn sie ihn ständig unterbrach.

„Das ist nicht die Geschichte. Die Geschichte ist, dass sie offenbar einen Virus verloren haben."

Stille.

Immer noch Stille.

Feng sah auf die Telefonverbindung im Display.

„Hallo, Lan, bist Du noch da?"

„Bist Du sicher?"

„So sicher, wie meine erste Limousine kein Daihatsu sein wird. Du hättest die beiden sehen sollen. Die hatten richtig Angst."

„Aber Feng …" Seine Frau klang nun wirklich besorgt. „Wenn das stimmt, dann darfst Du niemandem davon erzählen, hörst Du? Und wenn es nicht stimmt, erst recht nicht."

Feng wusste, was seine Frau meinte. Gerüchte über eine staatliche Einrichtung in die Welt zu setzen, könnte ihn in Teufels Küche bringen. Er nickte und drückte kurz aufs Gas, damit er noch bei Grün über die nächste Kreuzung kam.

„Du hast Recht. Du hast ja Recht. Wenn etwas dran ist, werden wir es garantiert im Staatsfernsehen als Erste erfahren."

„Machst Du Witze?"

„Ja."

Feng grinste.

„Mach´s gut. Bis heute Abend. Ich liebe Dich."

Seine Frau drückte deutlich hörbar einen dicken Kuss durchs Telefon.

„Der ist für die linke Wange. Extrakuss. Pass auf Dich auf. Und freu Dich schon mal auf Dein Abendessen."

Nun erreichte das Grinsen von Feng fast seine Ohren.

„Oh, ich muss auflegen. Da kommt ein Anruf von der Zentrale rein."

Es war Bao.

„Hallo Feng, hat alles geklappt?"

„Ja, und wie, das ging wie am Schnürchen. Wirklich eine Supertour."

„Bist Du sicher?" Bao kannte seinen Freund nur zu gut. Irgendwas in Fengs Stimme klang komisch.

„Ist was passiert?", hakte Bao nach.

„Nein, alles ok."

Feng zog die Augenbrauen in die Höhe, lachte lautlos und wackelte mit dem Kopf.

„Du hast den Wagen zu Schrott gefahren?"

Jetzt musste Feng wirklich lachen.

„Nein, mach Dir keine Sorgen. Es ist alles in Ordnung. Hast Du eine Tour für mich?"

„Ja, pick doch bitte unterwegs ein paar Leute von Global Genetics auf. Die müssen zum Tianhe-Flughafen, um dort jemanden abzuholen. Also kein großartiges Gepäck auf der Hinfahrt."

„Ist gut, mache ich."

Feng unterbrach die Verbindung, beugte sich vor und blickte durch die Windschutzscheibe misstrauisch in den Himmel. Warum, das konnte er auch nicht genau sagen. Es war so ein latentes Unwohlgefühl. Vielleicht wollte er das Unheil kommen sehen – auch wenn es in Virenform kam. Aber woran sollte er denn überhaupt erkennen, wenn etwas anders war als vorher? Wenn die Leute bei einer Infektion nicht gerade grüne Punkte im Gesicht bekamen, dann wurde das schwierig.

Feng fuhr am Fernsehturm vorbei, wieder auf die Jangtse-Brücke und blieb auf der rechten der beiden Fahrspuren. Er genoss den warmen, aber trotzdem erfrischenden Luftzug des offenen Fensters auf seiner Seite. Das tat gut. Feng erinnerte sich noch deutlich an den Ausbruch der Vogelgrippe in 2003. Zuerst dachten alle, die Leute hätten eine Erkältung. Und dann waren sie plötzlich tot. Feng bremste und blieb an der roten Ampel stehen. Die Fußgänger quirlten von links nach rechts über die Fahrbahn. Einer wurde langsamer, blieb direkt vor Fengs Motorhaube stehen, holte tief Luft – und produzierte mit Schwung den wahrscheinlich lautesten Nieser des Jahrzehnts. Feng ließ schnell die Fensterscheibe hochfahren. Na, das konnte ja ein Tag werden.

Keine 15 Minuten später hatte er schon die nächsten Fahrgäste auf dem Rücksitz seines Taxis. Die beiden Männer waren aus dem Vorstand von Global Genetics. Zumindest ließen die Rolex-Uhren an ihren Handgelenken und die dunkelblauen Armani-Anzüge darauf schließen. Beide wirkten sehr geschäftig und waren irgendwie aufgeregt. Der mit den braunen kurzen Haaren schien Amerikaner zu sein. Der andere war Chinese, hatte seine Haare mit Gel nach hinten gekämmt und trug die große Narbe links auf der Stirn offenbar mit Stolz. Er war definitiv aus Wuhan. Feng hatte ihn schon öfter gesehen und auch einige Male gefahren.

„Haben Sie auch wirklich alle notwendigen Projekt-Unterlagen für Mr. Bates dabei, Ben?"

„Alles hier drauf, Wang. Gebe ich ihm persönlich, wenn wir ihn gleich am Flughafen treffen. Schließlich soll ja niemand anders davon Wind bekommen."

Der Amerikaner hielt einen schwarzen USB-Stick hoch.

„Sehr gut", nickte sein Kollege. „Es ist für unsere Firma extrem wichtig, dass die Bates-Stiftung in die Entwicklung neuer Impfstoffe investiert. Der Mann hat nicht nur Geld. Der hat richtig viel Geld."

Ben lachte.

„Ja, das ist der amerikanische Traum in Reinkultur. Vom Eis-verkäufer zum Multi-Milliardär. Wer hätte gedacht, dass man mit Frucht-Extrakten so viel verdienen kann?"

„Er ist eben geschickt. Kennen Sie die Geschichte vom Glaser, der nachts durch die Straßen fährt und Scheiben einwirft?"

Ben legte seine Stirn in Falten.

„Was genau meinen Sie damit, Wang?"

Feng war am Steuer nicht umhingekommen, die Unterhaltung mit anzuhören und war wirklich gespannt, was jetzt kommen würde. Er tat so, als ob er für den Spurwechsel den dichten Verkehr der Flughafen-Schnellstraße konzentriert im Rückspiegel beobachten würde. Der Chinese musterte seinen Sitznachbarn sichtlich amüsiert.

„Ben, Sie denken doch wohl nicht, dass jemand wie Phil Bates nur wegen uns extra nach Wuhan kommt."

„Nicht?"

Nun musste Wang lachen. Es klang sehr gekünstelt, wiehernd, ein bisschen wie ein betrunkenes Pferd.

„Nein, natürlich nicht. Oder meinen Sie, es ist Zufall, dass er sich heute noch mit Leuten aus dem Institut für Virologie hier in Wuhan trifft? Was wäre wohl einfacher und gewinnbringender als auf der einen Seite einen Virus zu erschaffen und auf der anderen Seite gleichzeitig den Impfstoff dagegen?"

Der Amerikaner hob die Augenbrauen und sah seinen Kollegen ungläubig an.

„Das ist jetzt nicht Ihr Ernst."

Der Chinese lachte wieder. Dieses Mal noch schriller.

„Nein, aber es wäre eine Möglichkeit. Und die Geschichte mit dem Virenlabor-Treffen stimmt übrigens tatsächlich. Ich habe die Info von der Sekretärin im Institut. Sie kennt meine Frau."

Ben nickte betont langsam. Ihm wurde einiges klar.

„Ok, das erklärt auch, warum Mr. Bates heute Vormittag

keine Zeit für uns hat und wir ihm die Unterlagen am Flughafen übergeben sollen. Er hat also noch eine andere Verabredung."

Feng löste seinen Blick vom Rückspiegel und sah mit großen Augen nach vorn auf die Straße. Ja, diese Verabredung hatte Mr. Bates auf jeden Fall und Feng wusste sogar wo. Und er wusste auch, dass der Milliardär die versprochene Ware aus dem Institut für Virologie wohl nicht erhalten würde. Verschwunden war schließlich verschwunden und seine ersten Fahrgäste heute Morgen zum Hotel hatten nicht so ausgesehen, als würden sie Scherze machen. Der Flughafen kam in Sicht. Feng fuhr rüber auf den Abbieger zur Ausfahrt. Sein Gesichtsausdruck war eine Mischung zwischen „Ich glaube mir wird schlecht" und „Kann mich mal jemand wecken?". In was war er da bloß hineingeraten?

Feng setzte seine beiden Fahrgäste am Terminal 3 ab. Er war fast schon erleichtert, dass sie ihn nicht gebeten hatten zu warten, um mit ihrem Gast zusammen in die Stadt zurückzufahren. Aber so ein Milliardär würde ja ohnehin nicht mit einem einfachen Taxi fahren, sondern mit einer Limousine. Das brachte Feng auf den Gedanken, dass die Idee mit seinem Limousinen-Service vielleicht doch nicht so schlau war. Wer wusste denn schon, was er dann für Leute mit welchen Absichten und Plänen durch die Stadt fahren würde? Er war froh, dass er diese ganze Viren-Verwicklung jetzt los war und wollte auch nie wieder etwas davon hören.

***

Gerade, als er schon losfahren wollte, kamen vier Männer aus dem Terminal, sahen in seine Richtung und hoben die Hand. Sie hatten Militäruniformen an und sahen europäisch aus. Es konnten aber auch genauso gut Amerikaner sein. Ja, es waren Amerikaner. Als Feng mit seinem Taxi langsam näher rollte, sah er, dass alle vier mit mächtigem Kieferschwung Kaugummi kauten. Feng war erleichtert – das waren endlich mal normale Fahrgäste. Feng schnappte sich den Stoffbeutel mit seinem Essen vom Beifahrersitz und verstaute ihn mit einem Griff im Handschuhfach. Der Größere in der Gruppe öffnete die Beifahrertür und stieg ein.

„Hallo, guter Mann, wir möchten nach Wuhan in die Innenstadt. Hier ist die Adresse."

Er hielt Feng einen ausgedruckten Zettel hin.

„Das Wuhan World Trade Center in der Jiefang Avenue. Ja, das

Gebäude kenne ich gut. Da fahre ich oft Gäste aus Russland hin. Die haben hier viel tun – gute Geschäfte", nickte Feng. „Herzlich willkommen in Wuhan."

Die anderen Fahrgäste hatten das Gepäck schon selber im Kofferraum verstaut. Es war erstaunlich wenig für vier erwachsene Männer.

„Warum sitzt Jim immer vorn?", unkte der eine beim Einsteigen.

„Weil ich die längsten Beine habe und den höchsten Dienstgrad", erwiderte der Sitzriese auf dem Beifahrersitz mit sympathischem Grinsen. Er hatte kurzgeschorene blonde Haare, hellblaue Augen und wirkte sehr durchtrainiert. „Nicht zuerst ins Hotel?", fragte Feng. Er war einfach neugierig. Nach so einer langen Anreise war es sehr ungewöhnlich, dass die Fahrgäste sofort zu einem Termin in die Innenstadt fuhren.

„Nein, wir haben noch was zu erledigen", antwortete der Soldat knapp und sah aus dem Seitenfenster. Auf seiner Uniform prangten jede Menge Abzeichen, die Feng nicht einordnen konnte.

„Sie sind bei der US Army?", fragte Feng, während er zurück auf den Flughafen-Highway in Richtung Stadt fuhr.

„Scharf beobachtet", nickte der Offizier auf dem Beifahrersitz. Er kaute mit offenem Mund und noch mehr Schwung auf seinem Kaugummi und übertönte sogar das Fahrgeräusch.

„Woher kommen Sie – ich meine in den Vereinigten Staaten? Las Vegas?"

Das war die einzige Stadt, die Feng spontan einfiel.

Alle vier lachten lauthals los.

„Ha, das wäre schön. Nein, wir kommen aus Fort Detrick in Maryland. Die Stadt dort heißt Frederick. Ist nicht ganz so ganz groß wie hier. Gerade mal 70.000 Leute. Aber wir haben zumindest ein paar chinesische Restaurants."

„Aaaaaah", machte Feng und nickte wissend. Natürlich wusste er weder, wo Fort Detrick war noch der Bundesstaat Maryland.

„Hahuaaaatscha – Entschuldigung!"

Der linke der drei Männer auf dem Rücksitz hatte lauthals geniest – zum Glück in seine Hand.

„Also die Klimaanlagen in den Flugzeugen sind wirklich das Letzte. Jedes Mal, wenn ich aus dem Flieger steige, habe ich eine Erkältung. So ein Mist!", fluchte der Soldat und wischte seine Hand in der Hose ab. Wäre er ein Fahrgast aus der Gegend hier gewesen, hätte Feng sich nach dem heutigen Start in den Tag vielleicht Sorgen gemacht. Aber so – die Männer waren schließlich gerade erst aus den USA angekommen

34

und Feng wollte diese dumme Virengeschichte so schnell wie möglich vergessen.

„Und was haben Sie hier in Wuhan so vor?"
„Na, Sie sind ja gar nicht neugierig. Aber ist ja kein Geheimnis: Wir sind quasi die Vorhut unserer Leute für die World Military Games im Oktober hier in Wuhan. Wir sehen uns die Stadt, das Hotel und das Stadion an, gucken nach tollen Orten, wo unsere Leute mal hingehen sollten, wenn sie schon mal hier sind."
„Aha", nickte Feng schon wieder wissend, aber dieses Mal wusste er wirklich, worum es ging. Zu den World Military Sportfestspielen wurden fast 10.000 Teilnehmer aus der ganzen Welt erwartet. Es war das erste Mal, dass diese Veranstaltung überhaupt in China stattfand – und das in Wuhan. Darauf war er stolz.
„Kennen Sie einen?", fragte der Offizier.
Feng sah ihn verdutzt an.
„Von ihren Leuten?"
„Nein, einen Ort, den wir uns mal ansehen sollten."
„Ach so."
Jetzt lachten alle fünf zusammen los.
Feng war so erleichtert. Was für eine schöne Fahrt im

Vergleich zu den ersten beiden Touren heute.

„Lassen Sie mich kurz überlegen ... ja, doch, es gibt etwas in Wuhan, das sollten Sie sich nicht entgehen lassen."

„Und was wäre das?"

„Der Huanan Wildtiermarkt im Jianghan Distrikt. Da kriegen Sie wirklich alles von der Schlange, über den Fisch oder das Krokodil bis zur Fledermaus. Und das Beste: Das World Trade Center ist praktisch gleich um die Ecke. Sie können gut zu Fuß dorthin gehen. Sind noch nicht mal fünf Kilometer."

„Hahuaaaatscha!" dröhnte es wieder von hinten.

„Herrgott nochmal, Bob, jetzt nimm endlich ein Taschentuch."

Feng bekam zunehmend bessere Laune.

Der Verkehr war zwar sehr dicht und alle drei Fahrspuren der Flughafen-Schnellstraße waren voller Autos und Lkw. Aber alles lief flüssig, es gab keinen Stau und die Skyline von Wuhan rückte schnell näher.

„Sehen Sie", zeigte Feng, „da hinten. Da ragt schon der World Trade Tower zwischen den anderen Hochhäusern hervor."

Nicht einmal 20 Minuten später hatte er seine Fahrgäste am Ziel abgesetzt. Mit einer Höhe von fast 250 Metern war es das fünfhöchste Gebäude der Stadt. Die amerikanischen Soldaten hatten ihn noch nach seiner Telefonnummer gefragt und ob sie ihn bei Bedarf anrufen könnten. Feng war hocherfreut. Immerhin bleiben die vier Männer länger in der Stadt und er konnte jede zusätzliche Tour gut gebrauchen.

Merkwürdig war nur das leise Gespräch zwischen dem Blonden und dem Dauer-Nieser, als Feng auf dem schmalen Standstreifen die vier blauen Stoff-Reisetaschen aus dem Kofferraum hob. Die Seitentür war offen und so hörte er jedes Wort.

„Und was ist mit unserem eigentlichen Auftrag?" hatte der Niesende gefragt.

„Das wird schon, Bob, das wird schon. Mach Dir keine Sorgen", versuchte der Blonde ihn zu beruhigen. „Ist ja nicht das erste Mal, dass wir unsere Team-Reise als Vorwand nutzen, um an diese Dinge zu kommen."

„Ich mache mir weniger Sorgen darum, das wir das Zeug wie abgesprochen organisieren. Ich mache mir vielmehr Sorgen darum, dass wir es nicht aus dem Land kriegen, ohne damit aufzufliegen, Jimbo."

Inzwischen waren alle vier Soldaten aus dem Taxi gestiegen. Der Blonde sah Feng, blickte zu seinem Kollegen, hob mahnend die Hand und schüttelte den Kopf. Es gab offenbar etwas, das Feng nicht hören sollte. Kaum waren die vier Amerikaner hinter den spiegelnden Glastüren des Büroturms verschwunden, klingelte im Taxi auch schon das Telefon. Feng schwang sich auf den Fahrersitz und schaltete auf die Freisprechanlage um. Warum sein Telefon ausgerechnet einen donnernden Gong von sich gab, wusste er selber nicht genau. Seine Frau Lan hatte das alles für ihn eingestellt und den Ton ausgesucht. Zumindest hatte sie dabei noch gelacht und gemeint, dann wäre er wenigstens schlagartig wach, wenn er nachts mal wieder während der Taxi-Schicht einschlief.

„Feng, bist Du frei?"

Es war sein Kollege Bao.

„Ja, Bao? Ich habe gerade ein paar Leute hier am World Trade Tower rausgelassen und bin frei. Wieso, was gibt es denn?"

In dem Moment wurde die Beifahrertür geöffnet.

Ein Mann im schwarzen Anzug mit schwarzem Hut ließ sich in den Sitz fallen und sah ihn wortlos mit eindringlichem Blick an. Er sah aus, als ob er gerade einen Karton mit Nägeln verschluckt hätte. Gleichzeitig nahm ein anderer Mann auf der Rückbank Platz. Der wirkte so, als ob ihm dasselbe mit einer Packung Schrauben passiert wäre. Feng blickte irritiert von einem zum anderen und war leicht überfordert.

„Ähhhh Bao, Moment mal eben – ja, bitte, was kann ich für Sie tun?"

„Wir müssen dringend zum Restaurant Kungfu an der Hankouzhan Road."

Feng konnte nicht umhin, leicht amüsiert auszusehen. Das war so klischeehaft, dass es filmreif war. Natürlich wusste er, dass es dieses Restaurant in der Nähe des Hankou-Bahnhofs gab. Kungfu – ausgerechnet für ein chinesisches Restaurant war das wirklich ein selten blöder Name. Das nun aber auch noch zwei Männer in schwarzen Anzügen und schwarzen Hüten mit eindeutig russischem Akzent und rollendem „R" in sein Taxi stiegen und nach diesem Restaurant fragten – das war einfach wie die Einstiegsszene in einem schlechten Agentenfilm.

„Einen Moment ... Bao ... wo wäre mein nächster Auftrag?"

„Du sollst zum Hankou Bahnhof fahren. Dort sind im Moment zu wenig Wagen. Scheinen gerade eine Menge Leute mit Fernzügen in die Stadt zu kommen."

Feng nickte. Also alles kein Problem. Er würde einfach beides miteinander kombinieren.

„Ja, prima, mache ich. Danke, Bao."

Er drehte den Zündschlüssel und wandte sich den beiden Russen zu.

„Restaurant Kungfu, kein Problem – dobro pashalawat!"

Während Feng sich mit einem Blick in den Außenspiegel in den dichten Verkehr einfädelte, sahen die beiden Männer wortlos aus den Seitenfenstern zum Eingang des World Trade Centers. Vielleicht waren es doch keine Russen? Auf jeden Fall hatten sie nicht auf sein „Herzlich willkommen" reagiert. Feng hatte sich ein paar Sprachbrocken angeeignet, weil er öfter russische Geschäftsleute zwischen World Trade Center und Flughafen hin und her fuhr. Meistens gab es dann auch mehr Trinkgeld, weil sich die Leute wohl fühlten. Ein bisschen deutsch, französisch und italienisch – das funktionierte eigentlich immer. Er fand, es sei an der Zeit, seine beiden ernsten Fahrgäste etwas aufzumuntern.

„Sind beide sind nicht rein zufällig Geheimagenten?", fragte er und sah fröhlich zwischen den beiden hin und her.

„Wer war das, die Sie da eben rausgelassen haben?", fragte der Russe auf dem Beifahrersitz in holperndem Englisch anstatt zu antworten und blickte noch finsterer drein.

Feng sah ihn kurz an, konzentrierte sich dann wieder auf die Fahrbahn. Das World Trade Center verschwand langsam aus dem Blick seiner Fahrgäste.

„Die? Ach, das waren nur vier amerikanische Soldaten, die wegen der Military Games hier in Wuhan sind. Eine Art Vorhut sozusagen. Geht ja erst in zwei Wochen los damit. Die sind richtig früh dran."

Links und rechts zogen Bürohochhäuser und mehrstöckige Wohngebäude vorbei. Die Jifang Avenue war eine der meistbefahrensten Straßen in Wuhan. Trotzdem mochte Feng die Strecke sehr. Da vorn tauchten die Baumwipfel des Zongshan Parks auf. Hier machte er gern seine Mittagspause, wenn er nicht seinen Freund Dong an seinem Suppenstand auf dem Huanan-Tiermarkt besuchte. Der Russe rückte seinen schwarzen Hut an der Krempe zurecht.

„Military Games, soso. Sieh mal einer an."

„Ich kenne diesen Mann", knurrte der andere Fahrgast auf der Rückbank.

Sein Kollege nickte bedächtig und sagte nur ein Wort:

„Jimbo."

Dann hustete er plötzlich abrupt, griff in die Jackettasche und wickelte eilig ein Hustenbonbon aus. Noch bevor er dazu kam, es in den Mund zu stecken, hatte er einen weiteren heftigen Hustenanfall und rang nach Luft. Sein Kollege legte von hinten die Hand auf seine Schulter. Der Russe drehte den Kopf zur Seite, sah seinen Partner an und schüttelte kurz den Kopf. Dann ging es offenbar langsam wieder mit dem Atmen.

Feng versuchte, sich auf den dichter werdenden Straßenverkehr zu konzentrieren. Schlagartig kam ihm durch den Husten die ganze Viren-Geschichte von heute wieder in Erinnerung. Der Russe auf dem Beifahrersitz griff in die Innentasche seines schwarzen Jackets und zog etwas hervor. Feng versuchte aus dem Augenwinkel zu erkennen, was der Mann in der Hand hielt. Es ging aber nicht. Nur zu gern wollte er wissen, was das war.

„Sehen Sie nur, da vorn. Das ist das Riverview Plaza. Mit 436 Metern wird es eines der höchsten Gebäude der Welt und wahrscheinlich 2021 eröffnet", zeigte Feng mit maximal begeisterter Stimme nach rechts. Die beiden Fahrgäste folgten seinem Finger automatisch mit dem Blick. Das war Fengs Chance. Aber als er gesehen hatte, was er sehen wollte, ging es ihm nicht gerade besser. Ganz im Gegenteil. Er war leicht verstört. Was war das für ein merkwürdiger Glasbehälter in der Hand des Russen und vor allem: Was war das für eine giftgrüne Flüssigkeit da drin?

„Juri, sei vorsichtig damit", sagte nun zu allem Überfluss auch noch der schweigsame Russe von hinten. Juri nickte und biss sich auf die Unterlippe.

„Ich weiß. Das ist alles, was wir davon haben."

Er blickte auf die schmale Glasröhre in seiner Hand. Die Wände waren trotz ihrer Transparenz offenbar sehr, sehr dick.

Oben wurde das Ganze von einer flachen, goldfarbenen und ebenfalls sehr massiven Metallkappe verschlossen.

„Mach dir keine Sorgen, Wladimir. Der Behälter ist sicher verschlossen. Da läuft nichts aus. Und eines ist mal klar: Wer sich mit dieser Krankheit infiziert, kann besser gleich den Löffel abgeben. Dagegen gibt es einfach kein Mittel. Guck Dir mich an – sieht das etwa nach Spaß aus?" Er lachte zynisch und sah mit einer Art Weltschmerz-Gesicht aus dem Seitenfenster.

Feng war, als hätten sich die Tore der Hölle geöffnet.

Was zum Himmel redeten die denn da?

Der Russe drehte sich schwer atmend zu Feng.

„Wie heißen Sie?"

„Feng."

„Mehr nicht?"

„Einfach nur Feng."

„Feng, eine Frage: Wir müssen um 14 Uhr auf dem Huanan-Tiermarkt sein. Wenn wir zu Fuß gehen wollen, wann müssten wir im Kungfu-Restaurant starten?"

Feng war heilfroh, dass der Russe ihn nicht nach einer weiteren Tour gefragt hatte. Wenn er an die Flughafentour von vorhin und die Geschichte mit dem Milliardär Bates dachte, wurde das „bitte keine zweite Tour" langsam zum Tagesmotto.

„Das ist nur ein paar Querstraßen entfernt. Wenn Sie eine Viertelstunde einplanen, sollte das kein Problem sein. Sie müssen einfach immer nur an der 2. Ringstraße entlang in Richtung Osten gehen. Dann sehen sie den Huanan-Tiermarkt schon."

Der Russe nickte und steckte die Phiole wieder ein. Der andere legte ihm erneut von hinten die Hand auf die Schulter.

„Dann kommen wir pünktlich zur Übergabe, Juri. Mach Dir keine Sorgen. Nadja wird zufrieden sein."

Als Feng seine beiden unheimlichen Fahrgäste am Kungfu-Restaurant abgesetzt hatte, fuhr er erst einmal in der nächsten Querstraße rechts ran. Der Hankou Bahnhof war gleich um die Ecke. Er konnte sich eine kleine Pause erlauben und die brauchte er jetzt auch. Was war denn das gewesen? Ob er eben wirklich an zwei russische Agenten geraten war? Und was war das für eine Sache mit der Übergabe? Und überhaupt: Was war das heute für ein seltsamer Morgen? Feng war so aufgeregt, dass er gar nicht mehr klar denken konnte. Da half nur eins: Er musste seine Frau anrufen.

„Lan?"

„Ja?"

„Lan, ich bin's – Feng …"

„Feng, also wirklich, Du sollst arbeiten und nicht telefonieren."

„Lan, Du glaubst nicht, was mir eben passiert ist."

Am anderen Ende der Leitung war ein tiefer Seufzer zu hören.

„Was ist denn jetzt schon wieder?"

„Lan, ich glaube, ich habe eben zwei russische Agenten gefahren. Die hatten eine grüne Flüssigkeit dabei und haben irgendwas von einer Übergabe geredet. Und von einer Nadja. Und dass man das Zeug auf keinen Fall einatmen sollte. Der eine hat die ganze Zeit gehustet. Lan, ich sage Dir, hier läuft irgendwas ganz Merkwürdiges ab."

Lan kannte ihren Mann zur Genüge. Das betraf auch seine Begeisterung für die Mission Impossible Filme und James Bond. Immerhin hatte er Zuhause im Regal das Model eines silbernen Aston Martin stehen und bedauerte es zutiefst, dass es den Originalwagen nicht auch als Taxi gab. Sie wollte Feng weder kränken, noch sich über ihn lustig machen. Trotzdem blieb ihr nichts anderes als zu sagen:

„Und was ist mit den Virologen von heute Morgen? Führen die auch irgendwas im Schilde? Ganz ehrlich Feng, ich glaube, Du gehst da etwas zu weit. Es können doch nicht plötzlich alle mit irgendwelchen ansteckenden oder gefährlichen Dingen durch die Gegend fahren. Beruhige Dich erst mal. Du hast wahrscheinlich in der Unterhaltung zwischen den beiden Russen nur was falsch verstanden."

Feng fühlte, wie er wütend wurde.

„Lan, da gab es nichts falsch zu verstehen. Ich habe es doch gesehen."

„Ach, das kann sonst was gewesen sein", wiegelte seine Frau ab. „Jetzt denk nicht weiter drüber nach und arbeite einfach weiter. Hast Du schon die nächste Tour?"

Feng hatte wenig Lust, darauf zu antworten.

„Ja, nicht so richtig. Am Hankou Bahnhof werden Wagen gebraucht. Ich bin gleich um die Ecke und fahre jetzt hin."

„Ich wünsche Dir viel Erfolg und viele Fahrgäste – am besten unbewaffnet."

„Hahaha", machte Feng und legte auf.

Bis heute Abend würden sie ihren kleinen Streit längst wieder vergessen haben.

Als Feng drei Querstraßen weiter um die Ecke bog und auf den Hankou Bahnhof zu fuhr, standen dort schon reichlich Taxen vor dem Gebäude. Die Warteschlange mit blau-weißen und orange-weißen Wagen zog sich sogar um die nächste Straßenecke bis zu dem kleinen Tabakladen herum. Offensichtlich hatte sich die Lage seit Baos Anruf etwas geändert.

„Ach, was soll denn das? Jetzt stehe ich hier rum", ärgerte sich Feng.

Das kannte er schon. Wenn der Auftragsfaden einmal abriss, dann blieb das Loch meist eine ganze Weile und konnte sich schon mal hinziehen. Es kam immer ganz darauf an, wo er dann mit seinem Taxi stand. Wenn es so voll war wie hier, war das meistens ein schlechtes Zeichen.

Als ob das Universum ihn erhört hätte, gab es plötzlich ein ganz anderes Zeichen. Am Straßenrand hob ein Mann die Hand. Feng bremste sofort und fuhr rechts ran.

Der neue Fahrgast stieg hinten ein. Er war ziemlich beleibt und trug ein weißes Hemd mit einem hellgrauen Anzug, der ihm etwas zu eng war. Vom Aussehen her war es eindeutig ein Asiate, aber ebenso eindeutig auch kein Chinese.

„Einmal zum Economic and Trade Office in die Jianshe Avenue, bitte."

Der Mann wirkte abgehetzt, war ziemlich außer Atem und schwitzte bei der Luftfeuchtigkeit ordentlich. Gepäck hatte er nicht dabei. Nur einen gut 30 Zentimeter langen Metallzylinder, den er neben sich auf den Rücksitz legte. Zu einem Fernreisenden passte das nicht. Feng war neugierig.

„Soll ich die Klimaanlage ein bisschen hochdrehen?", fragte er beim Losfahren, um einen Gesprächseinstieg zu kriegen.

„Ja, das wäre klasse", nickte der Mann. Er wischte sich mit der Hand den Schweiß von der Stirn. Feng schätzte ihn auf Mitte 30.

„Gerade in Wuhan angekommen?"

„Nein, ich lebe hier. Hatte nur kurz was am Bahnhof zu tun. Schließfach, Sie wissen schon."

Feng nickte verstehend. Natürlich wusste er nicht. Weder, was die Schließfächer am Bahnhof kosteten, noch warum jemand so ein Ding überhaupt benutzte. Warum konnten die Leute ihr Gepäck nicht einfach immer mitnehmen und dafür bequem mit dem Taxi fahren? Der Kofferraum war schließlich groß genug und kostete nichts extra.

„Sie haben einen ungewöhnlichen Akzent. Lassen Sie mich raten: Vietnam."

„Nein", schüttelte der Mann den Kopf. „Korea."

„Süd?"

„Nein, Nord."

Feng fuhr geradeaus auf die Quingnian Road. Das war der beste und direkteste Weg zum Ziel.

„Das klingt spannend", sagte er. „Was hat Sie nach Wuhan gebracht und wie sind Sie aus Ihrem Land rausgekommen? Ich dachte immer, Nordkorea wäre abgeriegelt."

„Ich bin geflohen", erklärte sein Fahrgast knapp.

Feng hob erstaunt die Augenbrauen.

„Tatsächlich, das geht?"

Er suchte im Rückspiegel den Blick des Nordkoreaners. Jetzt war es das erste Mal, dass der Mann ein wenig lächelte. Er sah amüsiert aus.

„Ja, das geht. Wenn es auch ein wenig nass ist – über den Tumen-Fluss. Er ist die direkte Grenze zu China. Ich habe es vor zwei Jahren geschafft und bin kurz darauf nach Wuhan gekommen."

„Und es hat Sie keiner abgeschoben?"

Nun war Feng nicht nur erstaunt. Er war wirklich verblüfft. Sowas hatte er noch nie gehört. Im Umgang mit Flüchtlingen aus Nordkorea war sein Land nicht gerade zimperlich.

„Sagen wir mal so: Wissenschaftlich ausgebildete Leute mit neuen Ideen sind auch in China willkommen", antwortete sein Fahrgast.

„Und was wären das so … für Ideen, ich meine, was machen Sie so?"

Feng reckte den Kopf derart, dass er fast vergaß, auf die Autos vor ihm zu achten. Das fand er nun wirklich spannend.

„Man könnte sagen, ich bin eine Art Biologe."

„Ah", nickte Feng. Er wechselte die Fahrspur.

„Und aktuell ... irgendetwas in Planung? Wissen Sie, ich habe mal Medizin studiert und das interessiert mich sehr."

Der Mann aus Nordkorea überlegte und versank mit seinem Blick für ein paar Sekunden in der Stoffstruktur der Rückenlehne. Dann hob er den Kopf und blickte Feng sehr intensiv in die Augen. Zuerst sah er so aus, als ob er gar nicht antworten wollte. Dann sagte er betont langsam und mit einem seltsamen Lächeln: „Auf jeden Fall. Und ich kann Ihnen eines versprechen: Das wird den Blick der Menschen auf den Wert ihrer Gesundheit definitiv verändern."

Feng sah, dass sein Fahrgast sich bei der ganzen Fragerei aber offensichtlich zunehmend unwohl fühlte. Auch seine nächste Reaktion zeigte das eindeutig.

„Entschuldigen Sie bitte. Ich muss dringend telefonieren."

„Sicher, kein Problem", sagte Feng und lächelte höflich. Er hatte den Wink verstanden. Der Koreaner zückte sein Telefon, wählte eine Nummer und drehte den Kopf so weit nach rechts, dass Feng schon dachte, er würde gleich über die Schulter abfallen. Sein neuer Fahrgast begann sehr, sehr leise zu sprechen. Er hielt auch die linke Hand vor seinen Mund. Offenbar sollte Feng nicht mitbekommen, um was es ging. Aber offensichtlich war auch, dass es nichts Angenehmes war. Der Ko-

reaner sprach sehr eindringlich. Zwischen seinen zusammen-
gekniffenen Augen war eine tiefe Falte entstanden. Er zischte
einzelne leise Silben. Dabei nickte er zur Betonung heftig mit
dem Kopf.

„Verdammt, pass doch auf", fluchte Feng und trat auf
die Bremse. Das Taxi kam schlagartig zum Stehen. Der
Koreaner hatte sich nicht angeschnallt, schoss nach vorn und
prallte gegen die Rückenlehne des Beifahrersitzes. Ein Wagen
war aus einer Parklücke heraus Feng direkt vor die Nase gefahren.

„Entschuldigen Sie bitte, das tut mir leid."
Der Koreaner auf der Rückbank zog sein viel zu enges Jacket
irgendwie zurecht.

„Nichts passiert."

Dann war er schon wieder in seinem Gespräch versunken,
zeigte aber trotzdem noch nach vorn durch die Windschutzscheibe: „Da, da vorn, wir sind gleich da. Sie können in zweiter Reihe halten. Was bekommen Sie?"

„10 Yen", sagte Feng und hielt gleich darauf an.

Der Koreaner reichte einen Geldschein zwischen den Kopf-
stützen nach vorn, während er jemandem am Telefon zuhörte.

„Stimmt so", sagte er hektisch im Umdrehen zu Feng, öffnete
die Tür und verschwand wild gestikulierend auf dem Bürger-

steig zwischen den anderen Fußgängern.

Feng blickte ihm verdutzt hinterher. Also, mit dem würde er aber nicht tauschen wollen. Der arme Kerl war ja völlig aus der Fassung. Da lobte sich Feng sein Taxi und sein schönes, beschauliches Leben mit Lan in ihrer kleinen Wohnung in Wuchang – auch wenn seine Frau manchmal wirklich eine Nervensäge sein konnte. Hinter ihm hupte ein Bus.

„Jaja", winkte Feng im Rückspiegel. Die goldene Katze auf seinem Armaturenbrett winkte fleißig mit. Feng blinkte und fuhr los. Was für ein ungewöhnlicher Tag. Erst elf Uhr und er hatte jetzt schon mehr erlebt als manche Menschen in einer ganzen Woche. Er mochte seinen Job.

Eigentlich war es mal wieder an der Zeit, seinen Freund Bao anzurufen. Den hatte er bei dem ganzen Hin und Her schon fast vergessen – und schließlich saß Bao in der Zentrale. Noch bevor Feng wählen konnte, dröhnte der Gong des Telefons durchs Taxi. Es war Bao.

„Hey Feng, wie läuft´s bei Dir?"

„Gut, gut, danke der Nachfrage. Bin dann doch mit einem Fahrgast vom Hankou-Bahnhof direkt zum New World Trade Tower weitergefahren und habe mich nicht in die Autoschlange eingereiht."

„Oh, alles klar. Ja, das ist gut. War es dann doch plötzlich so voll am Taxistand? Das tut mir leid."

Bao klang betrübt. Er war wirklich eine Seele von Mensch. Feng war froh, dass sie beide nun schon seit fast fünf Jahren zusammenarbeiten durften.

„Aber weißt Du was?", frohlockte Bao am Telefon. „Ich habe eine neue Tour für Dich. Gleich um die Ecke bei Dir will ein Fahrgast vom Unicom Reception Center rüber zum koreanischen Konsulat."

„Ah", nickte Feng, „ich weiß, wo das ist. Gleich an der Xianggang Road. Wir haben unsere neuen Telefone dort geholt, als das Netz hier in Wuhan auf 5-G umgestellt wurde."

Erstaunlich fand er allerdings, dass er gerade eben noch einen Flüchtling aus Nordkorea gefahren hatte und jetzt jemanden zum südkoreanischen Konsulat fahren sollte.

„Bin auf dem Weg."

Keine 15 Minuten später hatte Feng seinen nächsten Fahrgast auf der Rückbank sitzen. Es war ein äußerst nervöser Mann um die 30 vom Typ überengagierter Manager. Die Telefonbranche war ein aufstrebender Wirtschaftszweig in China und zog viele junge Chinesen wegen der guten Verdienstmöglichkeiten an. In Wuhan wurde seit einiger Zeit das hochfrequente und schnelle 5-G-Netz getestet. Feng selbst war davon begeistert.

Seitdem konnte er während der Nachtschichten endlich seine Lieblingsfilme ohne Aussetzer auf dem Mobiltelefon ansehen.

Ganz offensichtlich gehörte sein Fahrgast trotz des jungen Alters schon zur Führungsriege der Telefongesellschaft Unicom. Die protzige goldene Armbanduhr an seinem Handgelenk passte zwar überhaupt nicht zum extravaganten dunklen Nadelstreifenanzug – wurde aber von der goldenen Krawattenklammer über dem weißen Seidenhemd als Ausdruck des guten Einkommens unterstützt. Offensichtlich ging er auch öfter zum Friseur als Feng. Sein dunkler Seitenscheitel saß akkurat nach rechts gekämmt, anstatt bei jeder Bewegung halb vor die Augen zu rutschen.

Er hatte kaum das Fahrtziel genannt, da hantierte er auch schon mit zwei Telefonen gleichzeitig. Feng musste grinsen. Na klar, der Mann arbeitete schließlich für eine Telefongesellschaft. Das Telefon in der rechten Hand klingelte.

„Ja?", fragte sein Fahrgast kurz angebunden. Offenbar wusste er schon anhand der Nummer, wer ihn anrief und hatte auch auf den Anruf gewartet.

„Was soll das heißen, es gibt dazu keine verlässlichen Messungen? Es kann uns zwar egal sein, was die Spinner in Europa über die Strahlung von 5-G sagen, aber ich will verdammt nochmal ein Zahlenpaket, das jeden Zweifel im Keim erstickt. Ich lasse mir von denen doch nicht den Deal mit Südkorea kaputtmachen. Haben wir uns verstanden?"

Sein Gesprächspartner setzte offenbar zu einer Antwort an – kam aber in seinen Ausführungen nicht sehr weit.

„Ganz genau – diese völlig absurden Unterstellungen, unser Telefonnetz würde zu Genmutationen führen oder das Immunsystem angreifen, wollen wir ja damit abstellen." Der Chinese war aufgebracht. Seine Stimme wurde deutlich lauter. Dann hielt er kurz inne und lachte hämisch. „Am Ende bricht noch diese verdammte Vogelgrippe wieder aus und wir sollen daran schuld sein."

Feng bog rechts ab und horchte auf. Jetzt wurde es interessant. Sollte wirklich was dran sein an diesen Theorien zur Strahlung von 5-G? Das sie Zellen schädigen könnte und Virusinfektionen beschleunigen? Gehört hatte er auch schon davon, aber bisher nur über Bao, der illegal in irgendwelchen ausländischen Internetportalen unterwegs war. Wenn irgendwas daran stimmte, dann würde das natürlich die ständigen Kopfschmerzen von Feng erklären – auch wenn seine Frau meinte, er sollte abends einfach weniger Reisschnaps in der Karaoke-Bar trinken.

„Wissen Sie, was Sie machen?", rief sein Fahrgast so laut ins Telefon, als ob es keinen Satelliten dazwischen geben würde. „Sie stellen jetzt nacheinander alle Telefonbezirke in Wuhan ab und messen die Unterschiede in den Strahlungswerten, sobald die Antennen wieder aktiviert sind. Wie, das können Sie nicht tun? Und wie Sie das tun können. Fangen Sie sofort an. Ich übernehme die volle Verantwortung dafür."

Wutentbrannt presste der Mann auf dem Rücksitz den Aus-Knopf und unterbrach die Verbindung.

„Lassen Sie mich hier raus. Ich gehe den Rest zu Fuß."

Er schlug zweimal mit der flachen Hand auf Fengs Kopfstütze. Feng bremste sofort und fuhr scharf rechts ran. Unter seinem Sitz klapperte es metallisch. Sein Fahrgast beugte sich runter und kam mit etwas in der Hand wieder hoch. Er hielt es auf Höhe des Rückspiegels, damit Feng es sehen konnte.

„Gehört das Ihnen?"

Feng bekam große Augen und wurde blass.

„Ach Du Schande …"

Es war der Metallzylinder des Nordkoreaners. Er war offensichtlich vorhin beim Bremsen vom Sitz gerollt und der Mann hatte ihn vergessen.

Sofort nachdem sein Fahrgast ausgestiegen war, wählte Feng

die Nummer der Zentrale. Er musste unbedingt den Nordkoreaner finden. Feng überlegte ernsthaft, sich nun doch
langsam einen vogelzeigenden Albert Einstein für das Armaturenbrett zu kaufen. Was für ein verrückter Tag. Und
jetzt kam statt des Freizeichens auch noch dieses unheil-
volle durchgehende Piepen aus dem Lautsprecher der Freisprechanlage. Feng wusste dank seines letzten Fahrgastes
genau, was das bedeutete und woher das kam. Alle anderen
acht Millionen Menschen in Wuhan, denen nun wechselweise
das Telefon abgeschaltet wurde, wussten das nicht. Wo zum
Teufel sollte er jetzt mit diesem Metallbehälter hin, wenn er
nicht mal telefonieren konnte?

***

Zu diesem Zeitpunkt versuchten genau drei Menschen, Feng
anzurufen. Sein Freund Bao aus der Taxi-Zentrale, die vier
amerikanischen Soldaten auf der Suche nach einem Taxi –
und der Nordkoreaner, der nach dem Erledigen aller Telefo-
nate schlagartig bemerkt hatte, dass ihm sein Metall-Zylinder
abhandengekommen war. Der einzige Platz, der ihm einfiel,
war das Taxi. Doch er konnte die Taxi-Zentrale nicht erreichen
und damit auch Feng nicht. Was dazu führte, dass er fluchend

und schwitzend an der Straßenkreuzung stand, wo Feng ihn rausgelassen hatte. Am liebsten hätte er mit irgendwas geworfen, doch in der Hand hielt er nur sein Telefon. Und das würde er mit Sicherheit noch brauchen, sobald das Telefonnetz wieder funktionierte.

Hätte er gewusst, dass Feng in diesem Moment den Metall-Zylinder im Taxi in der Hand hielt, wäre er sicher ein Stück weit beruhigt gewesen. Beunruhigt hätte ihn allerdings, dass Feng drauf und dran war, den massiven schwarzen Kunststoffdeckel zu öffnen. Er war einfach zu gespannt, was in dieser Metallhülse war.

„Sieht ja schon irgendwie spannend aus", murmelte Feng. Er kippte den Metallzylinder nach rechts und sah unter den Boden. Auf der glatten silbernen Fläche war nichts zu sehen. Keine Prägung, kein Stempel, kein Hinweis, wo dieses Ding herkommen könnte und für Feng noch viel wichtiger: wo er es vielleicht hätte hinbringen können.

Er hielt den Behälter wieder aufrecht. Die dicke Hartplastikkappe wurde rechts und links von zwei massiven Metallklammern gesichert. Feng sah sich im Rückspiegel selber tief in die Augen und sagte übertrieben theatralisch: „Will ich das jetzt wirklich tun?" Er fühlte sich wie in einem seiner geliebten

Spionage-Filme. Dann lachte er, nickte entschlossen und gab sich selbst die Antwort: „Natürlich will ich das tun. Was soll schon großartig passieren?"

Feng ließ die beiden Metallklammern mit hartem Klacken zu den Seiten klappen, zögerte einen winzigen Moment. Dann dreht er die schwarze Kunststoffabdeckung entschlossen mit einem Ruck nach rechts und hob den Deckel vorsichtig an. Im Inneren der Röhre war ein weiterer Verschluss. Sah aus, wie einer dieser glatten Metalldeckel, die auf Behältern für Tennisbälle waren. Nur, dass dieser hier nicht einfach nur einen kleinen Griff zum Hochziehen hatte.

Der Deckel war rundherum von einem dicken schwarzen Kunsstoffring umgeben, in dem zwei gegenüberliegende Griffmulden waren. Feng presste Daumen und Zeigefinger hinein und drückte. Nichts. Er gab mehr Druck, presste die Metallröhre zwischen seinen Beinen mit aller Kraft ins Sitzpolster, hielt schon mit dicken Wangen die Luft an. Dann, plözlich ein lautes Knacken. Der Metalldeckel in der Röhre hatte sich nach unten bewegt. Feng atmete aus. Jetzt war er gespannt. Ganz behutsam, wie in Zeitlupe drehte er den Deckel nach rechts – und zuckte so erschrocken im Sitz zusammen, dass ihm fast der Behälter zwischen den Beinen weggerutscht wäre. Mit lautem Zischen war Luft in die Röhre geschossen. Offenbar war da drinnen ein Vakuum. „Naja", murmelte Feng. „Zumindest war dort eins." Schließlich hatte er den Sicherheitsverschluss gerade geöffnet. Er hob den Metalldeckel millimeterweise an, schloss unbewusst sein linkes Auge dabei und drehte den Kopf vorsichtshalber leicht zur Seite. Das war nun wirklich spannend. „Ach, was soll´s!"

Entschlossen zog Feng den Deckel ganz nach oben und blickte voller Erwartung in die Röhre. In seinem Gesicht machte sich Erstaunen breit.

„Das ist alles?"

Feng war enttäuscht.

Er blickte schlicht auf feines weißes Pulver. Es hätte zumindest irgendwas Geheimnisvolles sein können. Eine violette Flüssigkeit, ein zweiter Zylinder mit einem mysteriösen roten Symbol auf der Kopfseite oder einer Zahlenkombination als Codesperre. Er hob die Metallhülle bis direkt an seine Nase. Vielleicht würde ja wenigstens der Geruch etwas Überraschendes bieten. Feng schloss die Augen und atmete tief ein.

„Fehlanzeige."

Er setzte den Metallzylinder auf seinem Oberschenkel ab. Es kribbelte nur ein bisschen in der Nase. Was sollte er nun mit diesem Ding anfangen? Eines stand fest: Er hatte keine Lust, den ganzen Tag damit durch die Gegend zu fahren. Sein erster Impuls war, seine Frau Lan um Rat zu fragen. Aber die war durch seine ständigen Anrufe heute Vormittag wahrscheinlich schon mehr als bedient. Außerdem funktionierte sein Telefon immer noch nicht. Auf dem Bildschirm stand weiterhin: Kein Netz verfügbar.

„Dong!"

Fengs Gesicht hellte sich auf. Das war die Idee. Sein Freund Dong hatte einen Suppenstand auf dem Huanan-Tiermarkt. Lan half ab und zu dort aus. Dong war den ganzen Tag bis spät abends an seinem Stand. Feng würde ihm einfach diesen Behälter in die Hand drücken. Er konnte darauf aufpassen – falls der Nordkoreaner sich überhaupt noch einmal meldete. Außerdem konnte Feng dann gleich seine Mittagspause mit dem Abstecher auf den Markt verbinden. Die Suppe von Dong war wirklich gut und die kalten Frühlingsrollen seiner Frau Lan konnte er immer noch später am Tag essen.

Jetzt war Feng wieder fröhlich. Er drehte den Verschluss auf den Behälter und legte ihn auf den Beifahrersitz. Nach einem Blick in den Rückspiegel gab er Gas. Feng konnte es gar nicht erwarten, die leckere Suppe von Dong zu essen. Und so gesehen hatte der Telefonausfall auch etwas Gutes: Die Zentrale rief ihn nicht ständig an und er konnte eine längere Pause auf dem Huanan-Tiermarkt machen.

Doch auch so sollte Feng an diesem Tag offensichtlich zu seinen Umsätzen kommen. Er war gerade losgefahren und hatte sich in den dichten Verkehr eingefädelt, als am Straßenrand einige Leute standen und ihm zuwinkten. Sie hatten allesamt schwarze Anzüge mit weißen Hemden und schwarzen Krawatten an. Feng blinkte, fuhr rechts ran und ließ das Fenster runter.

„Sie brauchen ein Taxi?"

„Ja, bitte, wir sind nicht von hier."

„Wo soll es denn hingehen?"

„Hier ist die Adresse."

Einer der Männer reichte einen Zettel durch das offene Fenster.

„Local Genetics?"

Feng blickte den Mann skeptisch an.

„Ich kenne die Adresse, aber diese Firma habe ich dort noch nie gesehen. Sind Sie sicher, dass das stimmt?"

Der kleingewachsene Chinese beugte sich vor und hielt seine schwarze Krawatte mit der Hand fest. Sein Seitenscheitel hingegen war mit so viel Haargel in Form gebracht, dass er unbeweglich wie eine Lakritzschnecke auf dem Schädel klebte.

Der Mann hob unschlüssig die Schultern.

„Diese Adresse haben wir so von unseren Geschäftspartnern bekommen. Wir kennen uns hier in Wuhan nicht aus."

„Wo kommen Sie denn her?"

„Aus Ezhou. Wir arbeiten für die Schweinemast-Industrie."

„Ok", nickte Feng.

Dadurch würde er zwar später bei Dong eintreffen, aber Umsatz war nun mal Umsatz. „Ich tue mein Bestes. Allerdings sind Sie zu fünft und das ist einer zu viel für dieses Taxi."

Jetzt sah der Mann richtig verzweifelt aus.

„Wir zahlen Ihnen das Vierfache des normalen Fahrpreises."

Feng zog überrascht die Augenbrauen in die Höhe.

„Na dann, alle Mann rein hier – aber nur einer nach vorn. Der Rest sitzt hinten."

Schneller als er gucken konnte, hatten sich vier Männer auf den Rücksitz gequetscht. Der Zwerg mit dem Adresszettel hatte sich auf den Vordersitz gesetzt. Er schien der Chef der Truppe zu sein.

„Das ist wirklich sehr nett von Ihnen!"

Feng sah in den Rückspiegel, bevor er losfuhr. Das Bild der zusammengequetschten Männer auf dem Rücksitz erinnerte ihn irgendwie an einen der großen Schweinemastställe – und glücklich sahen die zusammengedrängten Leute nicht aus.

Die Stadt Ezhou war bekannt für ihre großangelegte Schweinezucht. Gerade erst vor kurzem hatte dort ein gigantisches Hochhaus für die Schweinemast eröffnet. Es hatte 26 Stockwerke. Jedes Jahr sollten dort bis zu 1,2 Millionen Schweine geschlachtet werden. Als im Jahr 2018 die Schweinegrippe in China ausbrach, war auch Ezhou davon betroffen. Landesweit wurden mehr als 100 Millionen Schweine getötet. Großzuchtanlagen galten seitdem als besonders anfällig für die Ausbreitung von Virusinfektionen.

Es ging sogar das Gerücht, dass die industrielle Schweinezucht illegal eigene Impfstoffe mit veränderten Viren gegen die Schweinepest entwickelt hatte. Angesichts der Tatsache, dass das Erbgut von Schweinen dem der Menschen sehr nah steht, ein Spiel mit dem Feuer. Wie leicht konnte da ein genverändertes Virus auf den Menschen überspringen? Darüber hatte Feng aufgrund seines abgebrochenen Medizinstudiums schon öfter nachgedacht. Bisher war offensichtlich noch nichts in der Richtung geschehen.

Aber wenn sich da mal eine Virusinfektion von den eingepferchten Schweinen auf den Menschen ausbreitete – das konnte übel werden. Feng schüttelte sich hinter seinem Lenkrad. Gar nicht auszudenken. „Eigentlich geschieht denen das ganz recht da auf der engen Rückbank", dachte Feng mit einem letzten Blick in den Rückspiegel und fuhr grinsend los.

„Dan, meinst Du wirklich, das ist die Lösung für unser Problem?", fragte einer aus der Vierer-Reihe. Der Chinese auf dem Vordersitz drehte sich weit nach hinten um. „Meine Herren, unsere Schweine haben ein gesundheitliches Problem und das müssen wir klären. Wenn es mit der Ansteckung so weiter geht, können wir einpacken. Was wir gegen dieses Virus brauchen, ist ein wirkungsvoller Impfstoff – und den lassen wir hier in Wuhan entwickeln."

„Huatscha!"

Einer der Männer auf dem Rücksitz nieste lautstark.

„Ning, wo hast Du das denn bloß schon wieder her?"

„Ach, das sind diese Klimaanlagen in den Hotels und Restaurants. Das hält ja kein Schwein aus."

Feng musste wieder grinsen. Irgendwie schienen diese Leute ja doch in ihrem Job aufzugehen. Gut zehn Minuten später hatte er die angegebene Adresse erreicht. „Hier ist die Tangcai Road. Falls irgendwas schief geht, rufen Sie mich einfach an. Hier ist meine Karte."

Dann fiel Feng siedend heiß ein, dass die Telefonleitungen ja nicht richtig funktionierten.

„… und falls es nicht klappt, probieren Sie es einfach ein paar Mal öfter. Ich hole Sie dann hier ab", schob er hinterher.

Die fünf Chinesen stiegen aus, stellten sich in einer Reihe neben dem Taxi auf den Gehweg und deuteten synchron eine Verbeugung an.

„Das wissen wir sehr zu schätzen. Vielen Dank für Ihr freundliches Angebot."

Feng nickte ihnen zu und gab Gas. Nun wollte er aber doch langsam zu seinem Freund Dong.

Als er kurz darauf zum Tiermarkt kam, war es nicht leicht, einen Parkplatz zu finden. Zum Glück fuhr gerade ein Taxikollege aus einer Parklücke raus und winkte ihm mit dem Arm aus dem Fahrerfenster zu, bevor jemand anders den freiwerdenden Platz besetzte. Feng konnte es einfach nicht anders sagen: Er mochte seinen Beruf und er mochte Wuhan. Er parkte, griff sich den Metallbehälter und steckte für alle Fälle sein Telefon ein. Man wusste ja nie. Dann stapfte er fröhlich pfeifend auf den Haupteingang des Gebäudes zu und ging unter dem großen blauen Schild hindurch unter das gewölbte Vordach.

Der Huanan-Tiermarkt war der größte dieser Art in Zentralchina. Hier gab es einfach alles – vom Fisch über die Schlange, Krokodile und Bambusratten bis hin zum jungen Wolf oder Stachelschwein. Warum der Markt nur „Seafoodmarkt" hieß, konnte Feng sich selbst nicht erklären. Es war ihm auch egal. Wichtig war, dass es hier auch Suppe gab und dass er bei seinem Freund Dong immer Rabatt bekam. Kaum war Feng durch die Schwingtür zur Haupthalle hindurch, umschwirrte ihn auch schon das Stimmgewirr der Händler und Käufer in den schmalen Gängen. Dazu kam das Krähen der Hähne, das Klirren der Metallkäfige mit umherspringenden Tieren, die blubbernden Aquarien und vor allem eines: der unglaublich durchdringende Geruch, den man problemlos mit einem Messer in kleine Stücke hätte schneiden können. Es roch nach allem, was man sich überhaupt nur vorstellen konnte. Der Huanan-Tiermarkt an der Xinhua Road war wie ein Bauernhof mit Gewürzmarkt, bunt gemischter Kräuterwiese und überschäumendem Kochtopf.

Feng ging rechts herum. Der Stand seines Freundes war gleich da vorn. Er wich noch einem Mann mit einer ziemlich großen Schlange in den Händen aus. Dann war er da.

„Dong!", rief Feng und gab sich Mühe, den immensen Lärmpegel in der Halle zu übertönen. Der Suppenstand seines Freundes war wie üblich auch schon mittags von Kunden belagert. Die Leute standen in zwei Reihen davor. Sie hielten Geldscheine in die Höhe, um ihre Bestellung aufzugeben. Marktleute, Banker, Bauarbeiter – hier war jeder gleich.

„Dong!", rief Feng ein zweites Mal und wesentlich lauter.

Sein Freund drehte sich in seinem blauen Kittel hinter den dampfenden Suppentöpfen um.

„Feng", rief er hocherfreut und breitete die Arme aus. Dong wies einen Mitarbeiter an, seinen Platz zu übernehmen und kam um die Seite herum zu Feng.

„Was machst Du denn hier? Nichts zu tun?"

Feng lachte.

„Doch, aber um Dich zu sehen, lasse ich natürlich jeden Fahrgast stehen. Abgesehen davon, dass es hier sehr verlockend nach Deiner köstlichen Suppe riecht."

Dong hob den Finger und grinste.

„Sei ehrlich, Du bist gar nicht wegen mir hier."

„Doch – und ich habe Dir sogar was mitgebracht."

Nun war Dong wirklich überrascht.

„Mir? Warum?"

„Weil Du der beste Mann bist, um darauf aufzupassen."

Feng hob den Metallbehälter hoch und hielt ihn Dong so nah vors Gesicht, dass er zurückwich.

„Was ist das?"

„Ein Metallbehälter."

„Das sehe ich selbst, Du Esel. Was soll ich damit und wo hast Du den her?"

Feng versuchte, möglichst unschuldig auszusehen.

„Den hat ein Fahrgast bei mir im Wagen vergessen. Es könnte sein, dass er sich noch meldet und ihn zurückhaben will. Ich habe aber keine Lust, den Behälter den ganzen Tag durch die Gegend zu fahren. Kannst Du darauf aufpassen? Bitte Dong. Wenn er sich nicht meldet, kannst Du das Ding sogar behalten."

Dong nickte.

„Ok, geht klar. Apropos melden – geht Dein Telefon auch nicht?"

„Ja, ist komplett tot. Und wenn ich Dir erzähle, warum das so ist, wirst Du es nicht glauben."

Dong zog ihn am Arm mit sich.

„Na, nimm erst mal eine Suppe. Und dann erzählst Du mir Deine unglaubliche Telefon-Geschichte."

***

Keine fünf Minuten später wusste Dong alles über die Taxifahrt mit dem Mann aus Nordkorea, der Fahrt mit dem Telefon-Menschen und vor allem zur Abschaltung des 5-G-Telefonnet-zes. Er wusste außerdem, dass er nun nicht nur im Besitz des Metallbehälters war, sondern außerdem eines mysteriösen weißen Pulvers.

„Was ist das, Feng?"

Dong hatte den Verschluss aufgeschraubt und roch misstrau-isch am Inhalt der Metallröhre. Feng zuckte mit den Schultern.

„Keine Ahnung. Irgendein Pulver eben."

Dong benetzte seinen rechten Zeigefinger mit der Zunge, tupfte in die feine Oberfläche des Pulvers und probierte. Seine Miene hellte sich auf.

„Hmmm, schmeckt gar nicht schlecht. Nach Nuss oder so – brennt nur im ersten Moment ein bisschen auf der Zunge, ist aber nicht unangenehm."

In dem Moment dröhnte ein lauter Gong durch die Luft.

„Mein Telefon geht wieder", frohlockte Feng und ging ran. Es war sein Freund Bao aus der Zentrale. Er klang mächtig auf-geregt.

„Hallo Feng, Du bist dran, wie gut. Ich habe jetzt wirklich ei-nen Spezialauftrag. Ein Freund von mir arbeitet an der Rezep-tion im Hotel am Convention Center. Da wollen zwei Leute ein Taxi haben. Und jetzt halt Dich fest: Es sind Phil Bates und seine Freundin aus den USA. Ist das nicht ein Ding? Du weißt schon – der Multimilliardär. Offenbar sind die inkognito in Wuhan unterwegs. Wenn da man nicht was faul ist – bei solchen Leuten. Auf jeden Fall habe ich da gleich an Dich gedacht. Hast Du Zeit für die Tour?"

„Aber absolut", nickte Feng, während er geduldig zuhörte, „natürlich und das ist ja wirklich ein Ding!" Dass er schon längst wusste, dass Phil Bates in der Stadt war, behielt er lieber für sich – allein schon wegen der Virengeschichte von heute Morgen. Wer konnte denn schon sagen, ob die Telefone nicht vielleicht doch abgehört wurden? Und wenn da wegen der verschwundenen Viren was anbrannte, dann saß er schneller bei der Polizei als er gucken konnte. „Einmal Kongresshotel – bin schon auf dem Weg."

Feng war plötzlich ganz aufgeregt. Er fühlte sich wie in einem seiner geliebten Agentenfilme. Das war seine Chance, vielleicht doch noch was über dieses mysteriöse Viren-Verschwinden aus dem Hochsicherheits-Labor zu erfahren.

Er beendete das Gespräch und legte Dong die Hand auf die Schulter.

„Ich muss los, mein Freund. Vielen Dank, dass Du auf das Metallding aufpasst. Falls ich was vom Koreaner höre, melde ich mich sofort bei Dir."

„Wenn Dein Telefon funktioniert …", zwinkerte Dong ihm zu.

„Na, dann fahr los und gute Geschäfte noch."

Feng lachte.

„Wünsche ich Dir auch und falls meine Frau vorbeikommt – sag ihr nicht, dass ich hier war. Sie meint sowieso, ich arbeite zu wenig und nun habe ich auch noch ihre Frühlingsrollen im Handschuhfach."

Vom Huanan-Tiermarkt zum Kongresshotel war es nicht weit. Feng nahm die Abkürzung über die Xinhua Road. Um die Mittagszeit herum wurde es auf der mehrspurigen Qingnian Road schon sehr voll und er wollte möglichst schnell zu seinen Fahrgästen kommen. Phil Bates stand in diesem Moment bereits mit seiner Freundin Sue-Ann vor dem Hotel. Er sah so aus, wie man ihn kannte: Unscheinbar, Mittelscheitel, erste graue Haare, Hornbrille, schlichtes Poloshirt. Sie hatte offensichtlich nicht nur beim Blondton ihrer Haare nachgeholfen, sondern auch beim Volumen ihrer Brüste und der ebenfalls viel zu prallen Oberlippe. Das Paar war direkt nach dem Treffen mit den Virologen nach draußen an die frische Luft gegangen. Die Stimmung war nicht gerade gut.

„Du hast mir gesagt, wir sind im Urlaub hier. Und jetzt treffen wir uns ausgerechnet in unserem Hotel mit diesen Viren-Nerds", schmollte Sue-Ann.

„Dr. Hao Wang und Dr. Zian Zhao sind keine Nerds, sondern mehrfach ausgezeichnete Wissenschaftler und Spezialisten auf dem Gebiet der Virenforschung. Ich brauche sie für die Entwicklung eines neuen Projektes", erwiderte Phil Bates betont ruhig und reckte seinen Hals. Wo blieb denn nur das Taxi?

„Und, soll das jetzt die ganze Woche so weitergehen?"

Diese Stimmlage kannte Phil Bates bereits zur Genüge. Die Laune seiner Freundin war im untersten Kellergeschoss angekommen und der Gefühlsfahrstuhl für die Fahrt zurück nach oben war komplett außer Betrieb. Da half nur eines: Der Gute-Laune-Einkauf.

„Was hältst Du davon, wenn wir auf dem Weg in die Innenstadt an dieser exklusiven Shopping-Mall anhalten, die Du gesehen hast? Wir finden da bestimmt etwas, dass Deine Laune hebt."

„Wer sagt denn, dass ich schlechte Laune habe?"

Die Stimme seiner Freundin wurde noch eine Nuance schriller.

Phil Bates zog unwillkürlich den Kopf ein. Sowas Dummes – er lernte es doch nie. Warum hatte er bloß das mit der Laune erwähnt? Am besten gar nicht darauf eingehen.

„Du hast doch Deine Perlenkette für die Veranstaltung heute

Abend vergessen. Vielleicht finden wir in der Mall eine schöne neue?"

Nun hellte sich das Gesicht seiner Freundin deutlich auf.

„Meinst Du?"

„Auf jeden Fall", nickte Phil Bates entschlossen.

„Was war das nochmal gleich, wo wir da hingehen?"

„Ein ganz besonderer Vortrag eines bekannten Astronomen: Dines Kumar aus Indien. Er hat vielleicht Beweise dafür, dass Bakterien oder auch Viren aus dem Weltall zu uns auf die Erde kommen – auf Meteoriten. Ist das nicht spannend?"

Aus Sicht seiner Freundin Sue Ann war das Thema ungefähr so spannend wie ein schlecht lackierter Fingernagel. Trotzdem war ihr Gesichtsausdruck mit der Aussicht auf eine neue Perlenkette jetzt deutlich fröhlicher.

Phil Bates war erleichtert und das gleich doppelt – denn in diesem Moment bog das Taxi mit Feng am Steuer in die Auffahrt des Hotels ein. Er hielt direkt vor den Füßen des Paares an. Phil Bates öffnete die hintere Tür für seine Freundin. Feng sprang aus dem Wagen und riss die Tür auf der anderen Seite für seinen prominenten Fahrgast auf.

„Bitteschön, herzlich willkommen in Wuhan. Wo soll es denn hingehen?"

Feng hatte sich zwar vorgenommen, möglichst ruhig und völlig unbeteiligt zu wirken. Jetzt wäre ihm allerdings fast „Mr. Bates" rausgerutscht. Als er Phil Bates und seine Freundin gesehen hatte, war sein Puls schlagartig angestiegen. Du liebe Güte, jetzt wurde es ernst. Wie sollte er es im Gespräch bloß anstellen, von diesem VIP etwas über dessen Pläne in Wuhan zu erfahren? Feng war mächtig nervös. Aber vielleicht unterhielten die beiden sich ja während der Fahrt ganz einfach von selbst darüber und er musste gar nichts mehr tun.

Genau das Gegenteil war der Fall. Nachdem Phil Bates das Fahrtziel genannt hatte, saßen seine Freundin und er schweigend nebeneinander auf der Rückbank und sahen jeweils in verschiedene Richtungen aus den Seitenfenstern. Feng war nun schon ein paar Minuten unterwegs und dachte entsetzt: „Das gibt es ja gar nicht. Wieso reden die beiden denn nicht miteinander?". Daran musste er unbedingt was ändern.

„Sind Sie zum ersten Mal in Wuhan?", fragte er mit Blick in den Rückspiegel. Die beiden drehten nun zumindest die Köpfe in seine Richtung. Phil Bates nickte.

„Ja, wir sind im Urlaub hier und ganz gespannt, was es alles zu sehen gibt."

„Von wegen Urlaub", platzte es prompt aus seiner Begleiterin heraus, die erneut schlechte Laune bekam. „Kaum sind wir in der Stadt, müssen wir uns auch schon mit diesen Vironauten treffen. Das hat wohl kaum was mit Freizeit zu tun."

„Virologen, Sue-Ann. Es sind Virologen", erwiderte Phil Bates jetzt schon deutlich gereizter. Feng war hochzufrieden. Na also, funktionierte doch mit dem Gespräch.

„Es ist ja wohl völlig egal, womit diese Leute rumhantieren. Feststeht, dass Du die Zeit hier mit mir verbringen wolltest – und jetzt sieh uns an. Auf dem Flughafen haben wir sogar noch diese anderen beiden Typen getroffen, die Dir den USB-Stick in die Hand gedrückt haben. Und jetzt geht es munter weiter. Wen treffen wir eigentlich gleich?"

Feng bemühte sich um einen möglichst neutralen Gesichtsausdruck. Wenn die beiden wüssten, dass er genau wusste, von wem sie gerade sprachen und was Phil Bates von den beiden Flughafenbesuchern von heute morgen wollte. Die Frau kam jetzt richtig in Fahrt. Es war deutlich zu hören, dass der Haussegen mächtig schief hing. Feng sah betont desinteressiert nach vorn auf die Straße. Irgendwie kam ihm das bekannt vor. Der arme Mr. Bates. Feng hatte immer gedacht, dass Multimilliardäre ein entspannteres Leben führten als einfache Taxifahrer. Und nun hatte Feng plötzlich das Gefühl, bei sich zuhause in der Küche zu stehen.

„Ich weiß überhaupt nicht, was Du die ganze Zeit hast, Sue-

Ann. Wir hatten gerade mal einen einzigen Geschäftstermin, seit wir angekommen sind."

„Die ganze Zeit? Was ich die ganze Zeit habe? Was soll das denn bitte heißen? Die ganze Zeit im Flieger? Die ganze Zeit auf dem Flughafen? Wann bitteschön habe ich mich denn über irgendwas beschwert? Wenn Dir das nicht passt, können wir ja gleich wieder nach Haus fliegen."

Feng kniff am Steuer die Augen zusammen. Jetzt ging es eindeutig aufs Finale zu. Er war gespannt auf die Antwort von Phil Bates. Das Gesicht und die Körperhaltung verhießen nichts Gutes. Seine Arme verschränkten sich vor der Brust und zwischen den Augenbrauen grub sich eine mächtig tiefe Falte ein.

Bates holte tief Luft und drehte sich zur Seite.

„Gott verdammt nochmal. Wenn Dir das hier alles nicht passt, dann ist das wohl wirklich das Beste. Nimm doch einfach den nächsten Flieger zurück in die USA."

Fünf Sekunden absolutes Schweigen. Feng trat dezent auf die Bremse. Da vorn kam eine rote Ampel. Die Frau atmete tief durch.

„Nein, das werde ich ganz bestimmt nicht tun. Aber weißt Du, was ich mache? Ich steige jetzt hier aus und werde eine schöne Besichtigungstour starten – allein."

Sie zog am Türgriff und öffnete die Tür.

„Halt, wir stehen ja noch gar nicht", rief Feng und bremste komplett.

„Aber jetzt."

Die Frau schob sich mit Schwung aus dem Wagen. Sie knallte wutentbrannt die Tür zu.

„Und nun?", fragte Feng mit Blick in den Rückspiegel.

„Fahren Sie", seufzte Phil Bates und machte eine Handbewegung nach vorn.

„Ernsthaft?"

„Ja, um Gottes Willen. Ich kenne das schon zur Genüge. Ich muss nur wissen, wo wir hier sind, damit wir meine Freundin später wieder aufpicken können. Haben Sie mal einen Straßennamen für mich und die Telefonnummer Ihres Taxis?"

Die Ampel wurde grün. Feng gab Gas. Das entwickelte sich irgendwie anders als gedacht – aber fast erschreckend gut in seinem Sinn.

„Das hier ist der Huanan-Tiermarkt."

„Finden wir sie später wieder, wenn sie da reingeht?"

„Ganz unbedingt. Das ist gar keine Frage", antwortete Feng und musste innerlich grinsen. Auf jeden Fall würden sie das.

Schließlich würde er gleich seinen Freund Dong anrufen und ihn bitten, nach Sue-Ann Stanstead Ausschau zu halten. Bei der Haarfarbe, dem knallroten Kleid und der immensen Oberweite war die Frau einfach nicht zu übersehen. Dass sein Telefon im Moment gar nicht funktionierte, hatte Feng in seiner Euphorie leider vergessen – zumal die nächsten Ereignisse jeden Gedanken an den Anruf bei Dong schlichtweg auslöschen sollten.

Während er mit seinem exklusiven Fahrgast weiterfuhr, geschahen drei Dinge gleichzeitig. Die amerikanischen Soldaten versuchten ihn anzurufen, weil sie sich ein Restaurant für ihr Mittagessen ausgesucht hatten und mit dem Taxi dort hinfahren wollten. Sie erreichten Feng aber nicht, weil er ja gerade durch einen Bezirk fuhr, in dem für den laufenden 5-G-Test das Telefonnetz abgeschaltet war und gingen zu Fuß los. Am Bahnhof von Hankou machte sich ein 12-jähriger Schuhputzer – der aber keiner war – zum Start seiner heutigen Arbeit auf und die beiden Virologen trafen überraschend auf jemanden, mit dem sie ganz und gar nicht gerechnet hatten.

„Ich habe doch gesagt, lass uns von der Hotel-Lobby aus ein Taxi rufen. Aber nein, Du weißt ja immer alles besser", schimpfte die Frau gerade lautstark. Die beiden Wissenschaftler gingen mit ihren silbernen Aktenkoffern an einer Hauptstraße entlang in Richtung der nächsten U-Bahnstation. Die Autos sausten dicht an dicht vorbei. An eine normale Unterhaltung war bei dem Lärm gar nicht zu denken. Und in der Hitze der Mittagsonne war ihre schwarze Kleidung nicht gerade ein Vorteil. Die schlechte Laune von Dr. Hao Wang stieg parallel zu ihrer Körpertemperatur an. „Was kann ich denn dafür, dass die Telefone nicht funktionieren", antwortete ihr Kollege Zian genervt. „Wir können ja zum Hotel zurückgehen."

„Das fehlte noch", sagte die Frau und hob die Hand. Da vorn kam ein Taxi, aber es bog rechts in eine Seitenstraße ab.

„Was denkst Du, wie ist das Gespräch gelaufen?", fragte der Virologe, um seine Kollegin auf andere Gedanken zu bringen.

Sie sah ihn an.

„Also, ich denke, wir haben alles gegeben, um Mr. Bates zu überzeugen. Was er da vor hat, ist keine kleine Sache. Er braucht ein Labor mit unserer Sicherheitsstufe und das findet er zu den Konditionen nur in China und nur hier in Wuhan. Eine Produktion in den USA ist völlig unmöglich und wahrscheinlich sogar illegal. Außerdem haben wir bereits im Ansatz, was er will."

Zian nickte.

„Da hast Du recht. Das einzige Problem, dass wir jetzt noch haben, ist unser Verlust im Labor. Wenn wir das Ganze nicht wiederfinden und herauskommt, dass es aus dem Hochsicherheitstrakt verschwinden konnte, dann springt Bates als Investor mit Sicherheit ab."

Die Frau sah plötzlich sehr betreten aus.

„Stimmt, das hatte ich fast völlig vergessen. Darum müssen wir uns sofort kümmern."

Da vorn kam schon wieder ein Taxi. Die Frau hob die Hand.

Das Taxi kam näher – und fuhr vorbei.

„Warum zum Teufel hält hier keiner an?", fluchte die Frau.

Zian konnte sich eine kleine Spitze nicht verkneifen.

„Könnte an Deiner positiven Ausstrahlung liegen."

„Ha, ha, ha … huch … wo kommen Sie denn plötzlich her?"

Vor den beiden stand wie aus dem Erdboden geschossen der ehemalige Abteilungsleiter des Virenlabors, Deming Chen. Er war vor gut zwei Wochen entlassen worden. Die staatliche Kontrollbehörde hatte ihn ohne Angabe von Gründen auf die Straße gesetzt. Im Laborteam hieß es, er habe private Schwierigkeiten und sei öfter nachts im Labor gewesen, ohne sich wie vorgeschrieben beim Pförtner anzumelden. Offenbar war er gerade aus dem Hoteleingang links gekommen.

„Und was ist mit ihren Haaren passiert?"

Hao musterte ihren ehemaligen Chef erstaunt. Sie war nie richtig mit ihm warm geworden und fand den Mann eigenartig.

Sehr schweigsam und eher ein Einzelgänger. Er war auch nie zu den Treffen nach der Arbeit in die Karaoke-Bar mitgekommen. Jetzt fand Hao ihn noch merkwürdiger. Die vormals dichten schwarzen Haare ihres Vorgesetzten waren an den beiden Seiten des Kopfes verschwunden. Stattdessen war der kahl rasierte Schädel zu sehen und in der Mitte des Kopfes thronte der Rest der Haare wie ein aufrechtstehendes Vogelnest. Er war ganz in Weiß gekleidet und trug einen roten Gürtel.

„Die Erneuerung kommt von außen", antwortete der hagere Mann seltsam automatisch. Hinter den leicht spiegelnden Gläsern der Hornbrille funkelten seine Augen, als ob er gerade in der staatlichen Lotterie gewonnen hätte.

Hao und Zian sahen sich zuerst gegenseitig an, dann etwas sprachlos wieder zu ihrem Gegenüber. Davon hatten sie schon gehört. Das war exakt der Slogan dieser neuen illegalen Weltuntergangs-Sekte. In Peking hatten staatliche Stellen unlängst mit der aufkeimenden Bewegung aufgeräumt. Nun war die Gruppierung offenbar nach Wuhan ausgewichen. Jedenfalls gehörten die auffällige Frisur und die Art der Kleidung ihres ehemaligen Vorgesetzten eindeutig zum kollektiven Auftreten dieser Fanatiker.

„Also waren Sie hier im Hotel beim Friseur?", versuchte Hao

die etwas beklemmende Situation aufzulockern und einen Scherz zu machen.

„Nein, ich wohne hier. Mein Vermieter hat mir gekündigt. Wie Sie sicher wissen, gehört meine ehemalige Wohnung zu unserem Labor. Kein Job – keine Wohnung."

„Ist das nicht ein bisschen teuer?"

„Ich werde dieses Zimmer nicht mehr lange brauchen."

„Und was machen Sie jetzt so? Ich habe Sie gerade vor einer Woche noch bei uns im Labor gesehen. Da hatten Sie noch eine andere Frisur. Fangen Sie wieder bei uns an?"

Der Mann schüttelte energisch seinen Kopf.

„Nein, die Verantwortlichen hatten ihre Chance. Nun müssen sie die Konsequenzen tragen. Ich habe nur noch etwas rausgeholt, das ich dringend für meine neue Aufgabe brauche – etwas Reinigendes und Endgültiges sozusagen."

„Aha", sagten Hao und Zian fast gleichzeitig. Sie hatten keine Ahnung, was ihr ehemaliger Kollege damit sagen wollte und wussten auch nicht, was sie jetzt noch sagen sollten. Zum Glück fuhr in diesem Moment ein Taxi vorbei und ihr Gegenüber winkte dem Wagen.

„Sie können gern mitfahren, wenn Sie wollen."

„Ach nein, lassen Sie nur. Wir wollten ohnehin gerade die U-Bahn nehmen", lächelte Hao leicht verkrampft. „Tja, dann alles Gute für Sie und vielleicht sehen wir uns ja mal wieder."

„Ganz bestimmt sogar. Sie werden noch an mich denken." Mit einem kurzen Kopfnicken drehte sich ihr ehemaliger Chef um, stieg ins Taxi ein und verschwand so plötzlich wie er aufgetaucht war.

„Was war denn das?", raunte Hao ihrem Kollegen zu.

Ihr Telefon gab einen hellen Ton von sich.

„Ah, wir haben wieder ein Netz", frohlockte Hao. „Ich ruf uns ein Taxi."

Es war Bao in der Telefonzentrale, der ihren Anruf entgegennahm. Kein Wunder also, dass er sofort seinem Freund Feng Bescheid sagte. Und Feng war mehr als hocherfreut über die Anschlusstour. Schließlich hatte er gerade eben erst Phil Bates an seinem Ziel abgesetzt, aber auf der Fahrt fast nichts über dessen Aufenthalt hier in Wuhan herausbekommen. Von „Geschäften" hatte der Milliardär gesprochen und „Neuerungen für den Weltmarkt". Da kamen Feng die beiden Virologen gerade recht. Eventuell waren sie ein bisschen redseliger als am Morgen und vor allem: Vielleicht hatten sie schon herausbekommen, wo das verschwundene Virus aus dem Labor geblieben war.

Als er auf die beiden zufuhr, blinkte und rechts am Straßenrand hielt, dachte er nur: „Du liebe Güte, die haben es ja noch immer so eilig." Die Frau winkte hektisch. Der Mann griff gleichzeitig nach ihrem linken Arm und zog sie in Richtung Taxi. Die beiden stiegen hinten ein.

„Hallo zusammen. Schön, Sie wiederzusehen. Gute Geschäfte gemacht und wo geht es hin?", fragte Feng voller Schwung. Offenbar waren seine Fahrgäste aber genauso kurz angebunden wie bei der ersten Tour heute früh.

„Zurück zum Labor, bitte."

„Und schon geht es los", nickte Feng. Er fuhr vom Hotel zur Hauptstraße. Wenn das so einsilbig weiterging, würde er auf jeden Fall nichts Neues erfahren. Und er konnte seine Fahrgäste wohl schlecht fragen, wie das Treffen mit diesem US-Milliardär gelaufen war und was nun mit den verschwundenen Viren war.

Zu Fengs Überraschung brachten die beiden schweigsamen Virologen das Gespräch aber von selbst in Fahrt.

„Was war denn das eben für ein merkwürdiger Auftritt?", fragte die Frau.

„Ich habe keine Ahnung, was mit dem los ist", antwortete der Mann. „Sicher ist nur, dass Deming in dieser neuen Sekte ist. Sonst würde er nicht so aussehen und so komisch reden."

Die Frau sah sehr beunruhigt aus.

„Meinen Sie, dass er es aus dem Labor mitgenommen hat?"

Feng versuchte krampfhaft, nicht zum Rückspiegel zu blicken, damit die beiden nicht ausgerechnet jetzt ihr Gespräch unterbrachen. Seine Ohren jedoch waren so sehr auf Empfang, dass sich die Muscheln fast schon in Richtung Rücksitz drehten. Jetzt wurde es spannend.

„Das könnte sein", nickte der Mann nachdenklich. „Aber wenn ich mal so richtig darüber nachdenke, dann ist es viel wahrscheinlicher, dass unser anderer Kollege zugegriffen und es aus dem Labor nach draußen getragen hat. Sie wissen, wen ich meine ..."

Feng hielt den Atem an.

Er musste einfach in den Rückspiegel sehen.

Die Frau blickte ihren Kollegen mit mächtig großen Augen an.

„Der Koreaner ...", raunte sie.

Ihr Kollege nickte bedeutungsschwer.

„Ja, genau, der Koreaner."

Feng hätte fast das Lenkrad verrissen, so sehr erschrak er sich.

Um Himmels Willen – und er hatte den Metallbehälter zu seinem Freund Dong auf den Tiermarkt gebracht. Feng bekam kaum noch Luft. Sein Herz schlug bis zum Hals.

„Entschuldigen Sie bitte", stammelte er, während er irgendwie versuchte, sich auf den Verkehr zu konzentrieren. Das war zu viel. Feng hielt es einfach nicht mehr aus. „Ich habe vorhin einen Koreaner hier im Auto gehabt. Gar nicht lange her." Die Köpfe seiner beiden Fahrgäste ruckten schlagartig zu ihm herum.

„Wie hat er ausgesehen?"

„Außer Atem, übergewichtig, dunkle Haare, Mittelscheitel, grauer Anzug, hektischer Typ."

„Das war er."

Feng wurde schlecht. Er spürte, wie sich sein Magen schlagartig zusammenzog.

„Und er hat etwas aus Ihrem Labor mitgenommen?"

Die beiden Virologen hatten keine Wahl. Nun war der Vorfall ohnehin in der Welt.

„Ja, offensichtlich", nickten beide beklommen.

Feng biss sich angespannt auf die Unterlippe.

„Wie sieht es denn aus?"

Hao und Zian sahen erst sich an, dann suchten sie Fengs Blick im Rückspiegel.

„Es ist weiß."

„Weiß …", nickte Feng verzweifelt. Ihm schwirrte der Kopf. Er wusste überhaupt nicht mehr, was er denken oder fühlen sollte. Um Himmels Willen, sein Freund Dong. Was hatte der Koreaner noch gleich gesagt: „Eines kann ich Ihnen versprechen: Das wird den Blick der Menschen auf den Wert ihrer Gesundheit definitiv verändern."

Feng musste Dong sofort warnen. Aber der hörte sein Telefon bei diesem Krach auf dem Tiermarkt sowieso nicht – wenn das Netz dort aktuell überhaupt funktionierte und nicht von der Telefongesellschaft abgeschaltet war. Da blieb nur eines: Er musste so schnell wie möglich hinfahren und die Virologen mussten mitkommen.

„Der Koreaner hat das Ding hier im Taxi vergessen. Ich habe es zu einem Freund auf den Huanan-Tiermarkt gebracht", gestand Feng kleinlaut ein.

„Auf den Tiermarkt?", kreischte die Frau los. „Sind Sie völlig verrückt? Das ist eine Katastrophe. Wir müssen sofort dort hin. Los, los, los, fahren Sie, fahren Sie schon."

Die Ampel direkt vor ihnen wurde rot.

„Fahren Sie rüber, fahren Sie rüber. Ich zahle die Strafe", rief der Mann. Er quetschte sich aufgeregt zwischen den Sitzen durch und war kurz davor, nach vorn auf die Gangschaltung zu fallen. Feng drückte das Gaspedal durch. Das Taxi schoss über die Kreuzung – gerade noch vor den Autos, die zweispurig von rechts auf sie zu kamen.

„Ausgerechnet auf den Tiermarkt, das darf doch alles nicht wahr sein. Ist Ihnen klar, wie viele Leute dort unterwegs sind?" Die Frau war außer sich. Sie hatte einen hochroten Kopf.

Feng war im Kontrast dazu leichenblass. Sein Blutdruck war komplett abgestürzt.

„Wir brauchen es wieder, hören Sie? Wir brauchen es unbedingt zurück. Wenn es weg ist, werden Sie dafür bezahlen", schlug der Mann von hinten mit der geballten Faust auf Fengs Schulter.

Vor ihnen leuchteten rote Bremslichter auf. Die Autos wurden langsamer. Dann kam der Verkehr komplett zum Stehen.

„Stau", gab Feng leblos nur das eine Wort von sich.

Die beiden Virologen sanken rückwärts zurück in die Sitzbank. Sie sagten gar nichts mehr.

***

Während Feng und seine Fahrgäste sich verzweifelt ein Blaulicht auf dem Autodach wünschten, marschierte nur ein paar Querstraßen weiter eine eigenartige Truppe durch die Stadt. Die amerikanischen Militärs hatten sich vom World Trade Tower kurzerhand zu Fuß zu ihrem ausgewählten Mittagsrestaurant aufgemacht, nachdem sie Feng nicht per Telefon erreicht hatten und auch offensichtlich sonst kein Taxi rufen konnten. „Endlich mal wieder ein anständiger Fußmarsch", hatte Jimbo als Befehlshaber seinen mürrisch dreinblickenden Kameraden noch hochmotiviert zugerufen, bevor sie losgestapft waren. Was die kleine US-Delegation nicht bemerkte: Sie wurden verfolgt. Im gebührenden Abstand von einigen Metern war ihnen jemand auf den Fersen – wie ein Schatten. Er war gut 1,30 Meter groß, trug eine ausgeblichene blaue Schirmmütze und einen Kasten mit Schuhputzzeug in der Hand, den er eigentlich gar nicht brauchte. Es war der Junge vom Hankou-Bahnhof.

Diverse Querstraßen weiter waren die Männer mit knurrendem Magen endlich an ihrem Ziel angekommen. Sie standen mit ihrer gemusterten Militärkleidung vor dem Eingang des Restaurants und legten den Kopf in den Nacken, um das Schild zu lesen. Die chinesischen Schriftzeichen waren zum Glück für Touristen darunter noch mal übersetzt: „Kung Fu". Hinter der staubigen Glasscheibe war die leicht vergilbte Speisekarte ins Fenster geklebt. Jimbo baute sich davor auf. Die Gruppe versammelte sich hinter ihm.

„Rindfleisch mit Bambussprossen in Sojasoße", sagte Jimbo.

„Du kannst Chinesisch?", fragte sein Hintermann erstaunt.

„Nein, aber die Restaurantbesitzer können offenbar englisch."

Was die Soldaten nicht wussten, war, dass sie von drinnen durch die matte Glasscheibe beobachtet wurden.

„Sieh mal einer an, wer da ist ...", sagte jemand in gebrochenem Englisch, gefolgt von mehrfachem Husten.

„Wen siehst Du?", fragte die zweite Person am Tisch.

„Ich sehe amerikanische Uniformen und vor allem sehe ich eines: Jimbo ..."

Im „Kung Fu" saßen immer noch die beiden Russen, die Feng hier abgeliefert hatte. Sie warteten, bis es Zeit für ihre Verabredung auf dem Seafoodmarkt war – der Übergabe. Wladimir beugte sich vor und sah ebenfalls aus dem Fenster.

„Meinst Du, das ist Zufall?"

Juri ließ die dicke Glasphiole mit der grünen Flüssigkeit nervös in seiner Hand hin- und herrollen.

„Zufall ist es, wenn Du auf der Wolga eine Frau in einem Boot mit drei Flaschen Wodka triffst. Aber nicht, vier amerikanische Soldaten in einem drittklassigen Restaurant irgendwo mitten in China. Wladimir, mach Dich bereit."

Juri steckte die Phiole in die Innentasche seines Jackets zurück.

„Für was?"

„Keine Ahnung. Aber ich muss dringend zum Klo und irgendwas wird jetzt garantiert passieren. Also halt die Augen offen."

Und er hatte Recht.

„Ach kommt, wir gehen da jetzt einfach rein. Irgendwas werdet ihr schon zu essen finden", sagte Jimbo – inzwischen leicht genervt, weil seine drei Untergebenen immer noch mit ihren Köpfen über der Speisekarte am Fenster hingen. Bob holte tief Luft und gab einen lauten Nieser von sich.

„Die haben in diesen Läden die Klimaanlagen immer so hochgedreht. Ich glaube nicht, dass das gut für unsere Gesundheit ist."

„Außerdem hatte ich mal einen Cousin aus Wisconsin, der hat bei einem China-Mann in Detroit eine Frühlingsrolle gegessen und ist daran verreckt", ergänzte Sergeant Sutherland. Er spuckte nach rechts aus und sah seinen Vorgesetzten an.

„Ist nicht Ihr Ernst?"

Sutherland nickte.

„Und ob, Captain, und das war noch nicht mal ein besonders großes Exemplar... die Frühlingsrolle, nicht mein Cousin."

Jimbo zog die Eingangstür des Restaurants auf.

Auf der anderen Straßenseite hockte der Junge auf dem Bürgersteig und band seine Schnürsenkel zu. Aber seine flinken Augen unter dem Schirm der Mütze waren eher damit beschäftigt, die Soldatentruppe ganz genau zu beobachten.

„Egal, jetzt alle rein hier", sagte Jimbo. „Wir sind nicht in Wisconsin, sondern in Wuhan und die werden hier ja wohl nicht ihre eigenen Leute mit irgendwas infizieren. Wir werden schon was zu essen finden – und außerdem muss ich mal auf die Toilette. Das ist ein Befehl."

Widerspruchslos marschierte die Truppe ins Restaurant und nahm gleich den Tisch gegenüber vom Eingang ins Visier. Links und rechts davon saßen verschiedene Chinesen und aßen zu Mittag. Dass die US-Soldaten aus der Nische direkt rechts neben der Tür von einem russischen Augenpaar verfolgt wurden, entging ihnen ebenso, wie der kleine Junge mit der Schirmmütze, der direkt hinter ihnen ins Restaurant schlüpfte. Ein Fehler, der weitreichende Folgen haben sollte.

„Ich verschwinde dann mal kurz. Bestellt mir schon mal ein schönes kühles und vor allem großes Bier mit", sagte Jimbo und folgte dem Toilettenschild den Gang hinunter an der Küche vorbei. Wenn schon der Blick durch die geöffnete Tür auf das Chaos aus blubbernden Kochtöpfen, schmutzigem Geschirr und undefinierbaren Fleisch- und Gemüseresten für

Verblüffung bei ihm sorgte, stand die größte Überraschung vor ihm, als er die Toilettentür öffnete.

„Juri!"

„Jimbo."

Der Captain war wie vom Donner gerührt.

„Was machst Du denn hier?"

„Pinkeln?"

„In Wuhan?"

„Ich wusste nicht, dass ich dafür eine Genehmigung der US-Regierung brauche", sagte der Russe. Er unterdrückte mit Mühe seinen Hustenreiz.

„Ist Wladimir auch hier?"

„Jetzt sag nicht, das ist Dir entgangen? Er sitzt mitten im Restaurant. Und was macht ihr hier in Wuhan?"

Juri fixierte sein Gegenüber mit dem Blick. Jetzt war er gespannt.

„Das ist ganz einfach", zuckte Jimbo mit den Schultern. „Wir sind wegen der World Military Games im Oktober hier und sondieren im Vorfeld ein bisschen die Lage."

„So, so", sagte Juri kurz und nickte.

„Und ihr? Kleiner Urlaub vom Stress in Moskau?", grinste der Captain.

„Wir machen nur eine kleine Dienstreise, kein großer Auftrag wie ihr, nichts Weltbewegendes", antwortete Juri.

„Na dann..."

In diesem Moment drückte der Junge mit der Schirmmütze die Toilettentür mit Schwung auf. Jimbo wurde nach vorn katapultiert und fiel Juri praktisch direkt in die Arme.

„Was zur Hölle ...?"

„Sie wollen geputzte Schuhe, Sir, geputzte Schuhe, schöne Schuhe, mache extra guten Preis für Sie."

Der Junge hielt seinen schäbigen Holzkasten mit den Bürsten und Lappen in die Höhe. Jimbo richtete sich genervt auf.

„Nein, verdammt, spinnst Du? Mach, dass Du hier rauskommst."

Flink wie ein Wiesel schoss der Junge an ihm vorbei, auf Juri zu und tänzelte um ihn herum.

„Sie vielleicht, Sir, Sie vielleicht? Schöne, saubere Schuhe?"

Der Russe schob den aufdringlichen Jungen mit beiden Händen zur Seite und versuchte, ihn auf Abstand zu halten.

„Jetzt hau ab, verdammt. Hier will keiner saubere Schuhe."

Jimbo zog die Tür auf. Juri gab dem unerwünschten Toilettenbesuch einen kräftigen Schubs. Der Junge stolperte auf den Gang hinaus und fiel fast hin. Er hielt seine Schirmmütze fest.

„Danke, Sir, danke. Mein Vergnügen. Immer wieder gern."

Er ging rückwärts und verbeugt sich dabei zwei, dreimal.

Dann drehte er sich um und verschwand blitzartig durchs Restaurant raus auf die Straße.

„Was war denn das?", knurrte Juri. Er rückte sein schwarzes Sakko zurecht und wollte noch etwas sagen. Doch ein heftiger und abrupter Hustenanfall kam dazwischen.

„Alles in Ordnung mit Dir?", fragte Jimbo und musterte ihn besorgt.

„Das ist nichts", winkte der Russe ab.

Die beiden gingen zusammen zurück ins Restaurant. Jimbo nickte seinen Männern zu. Der kurze Blick in die Küche hatte ihm gereicht.

„Kommt, wir gehen."

„Aber wir haben doch noch gar nichts gegessen."

„Glaubt mir, das ist auch besser so. Also los jetzt."

Er schlug mit der flachen Hand auf den Tisch.

„Wir marschieren jetzt einfach auf den Huanan-Tiermarkt. Der ist gleich hier um die Ecke. Hab´ ich im Reiseführer gesehen. Und zu essen gibt es da auch was. Abmarsch!"

Auf dem Weg zur Tür nickte er dem anderen Russen zu.

„Wladimir …"

Der Russe nickte wortlos zurück.

Draußen auf der Straße sprach Sergeant Sutherland seinen

Vorgesetzten sofort an.

„Du kennst diese beiden Russen, Jimbo? Woher? Und was hast Du mit einem davon auf dem Klo gemacht?"

„Polka getanzt und Wodka getrunken – was denn sonst?", flaxte der Captain. „Ich treffe die beiden immer wieder mal irgendwo. Sie arbeiten für die russische Regierung, frag mich nicht was. Kann Militär sein, kann Geheimdienst sein oder Botschaft – die sehen ja alle gleich aus in ihren schwarzen Anzügen. Keine Ahnung, was die ausgerechnet hier in Wuhan machen. Manchmal habe ich schon das Gefühl, die verfolgen mich."

Fünf Minuten später sollte genau das passieren. Juri hatte sich im Restaurant kaum wieder an den Tisch zu seinem Kollegen gesetzt, da wurde sein Gesicht leichenblass. Er wollte eigentlich nur nach der Phiole in seinem Sakko sehen und hatte die Hand in die Innentasche gesteckt. Doch statt der Phiole, zog er seine Hand leer wieder heraus. Die Glasröhre war weg.

Wladimir war der abrupte Wechsel von Juris Gesichtsfarbe nicht entgangen.

„Juri, was ist?"

„So ein gottverdammtes Rattenpack. Die haben mir die Phiole gestohlen!"

„Was?!? Wer und wann?"

„Na, dieser Ami, eben gerade, auf der Toilette. Los hinterher, wir müssen sofort hinterher."

Juri sprang auf, riss einen Stuhl um, während er auf die Eingangstür zustürzte. Er hustete ein paar Mal röhrend. Der Chinese hinter dem Tresen rief ihm aufgeregt irgendwas hinterher. Wladimir hob im Aufstehen seine Hand und brüllte „Hey" in die Richtung der Chinesen, während er ein paar Geldscheine auf den Tisch warf: „All good, all good!"

Keine Minute später standen die beiden Russen auf dem Gehweg vor dem Restaurant. Rund um sie herum quirlten Menschen.

„In welche Richtung? Er hat gesagt, sie wollen zum Huanan-Tiermarkt. Das ist doch kein Zufall", rief Wladimir.

Juri drehte sich im Kreis herum, hatte die Hand auf seinen schwarzen Hut gelegt.

„Ich weiß nicht, ich glaube links. Aber wir lassen uns von denen auf keinen Fall die Übergabe kaputt machen."

Er griff spontan nach dem Arm eines Passanten, hielt ihn fest.

„Huanan-Tiermarkt, Huanan-Tiermarkt, wo lang?"

Der Chinese sah ihn an wie vom Donner gerührt.

Zum Glück verstand der Mann das gebrochene Englisch des Russen.

„Da lang, immer geradeaus, nur einen Kilometer, dann kommt schon das Schild." Der Chinese drehte seinen Arm energisch aus dem Griff des Russen. In China galt es als extrem unhöflich, einen Fremden zu berühren.

„Los", rief Juri. Er zog Wladimir mit sich. „Ruf unseren Kontakt für die Übergabe an. Wir sind auf dem Weg zum Tiermarkt – müssen aber noch was erledigen."

Die amerikanischen Soldaten konnten nicht weit sein. „Jimbo, dieser Schweinehund", dachte Juri bei sich. Hatte der Ami ihm doch tatsächlich unbemerkt die Hand ins Sakko gesteckt, als der Schuhputzer ihn mit der Toilettentür nach vorn geschubst hatte. Von wegen World Military Games. Die Amis waren garantiert wegen was ganz Anderem hier in Wuhan. Die Phiole musste unbedingt wieder her – koste es, was es wolle.

„Das Telefon unseres Kontaktes ist nicht erreichbar", rief Wladimir im Laufen und drückte erneut auf Wahlwiederholung. Das fehlte noch. Jetzt war die gesamte Übergabe in Gefahr.

Jimbo und seine Mannschaft hatten inzwischen ordentlich Marschgeschwindigkeit aufgenommen.

„Kommt, kommt, kommt", feuerte der Captain seine Leute lautstark an. Er hatte es offenbar plötzlich sehr eilig. „Der Huanan-Tiermarkt ist gleich hier um die Ecke und bestimmt nicht nur wegen der Tiere einen Besuch wert."

„Was gibt´s denn da zu essen?", murrte Sergeant Sutherland, während er versuchte, mit seinem langbeinigen Vorgesetzten Schritt zu halten.

„Keine Ahnung", sagte Jimbo, „aber irgendwas werden wir schon finden – und wenn es eine Schlange ist."

„Pfui Teufel", spuckte Sutherland im Gehen aus.

„Huaaaatschaa!"

Hinter ihm nieste Bob und zog die Nase hoch. „Oder eine Fledermaus."

„Igitt, wer isst denn sowas?", lachte Jimbo und zeigte nach links. „Wir müssen da lang."

„Huaaaaaaaatschaa!", donnerte von hinten wieder ein lauter Nieser über den Bürgersteig.

„Herrgott, Bob, jetzt nimm endlich ein Taschentuch", fluchte Sergeant Sutherland.

„Das war ich nicht. Das war Steven."

„Meine Herren, jetzt reicht es aber wirklich. Steck mich bloß nicht mit dem Kram an."

Sutherland legte einen Schritt zu und schloss zu Jimbo auf, um mehr Abstand zu seinen beiden Kameraden zu bekommen. „Da fliegt man um die Welt, um sich China anzusehen und was passiert: Die halbe Mannschaft fängt an zu kränkeln."

„Kann ich vielleicht was für die blöde Klimaanlage im Flugzeug?", maulte sein Kamerad.

„Jetzt hört endlich auf Euch zu streiten."

Jimbo stoppte an der Fußgängerampel und sah nach rechts auf die beiden Straßenschilder an der Ecke: Fahzan Boulevard und Xinhua Road. Er mochte es, selber die Orientierung zu haben und sich nicht einer App auf seinem Smartphone auszuliefern.

„Da vorn ist schon der Tiermarkt und da gibt es bestimmt auch was, was Euch schmeckt. Hier sind wir richtig, Männer. Also Ruhe jetzt!"

***

Unterdessen stand Feng mit seinen beiden Fahrgästen immer noch im Stau auf der Xinhua Road. Die Autos und Transporter links und rechts von ihm bewegten sich nicht einen Millimeter. Er hatte schon ein paar Mal versucht, seinen Freund Dong anzurufen, um ihn vor dem Pulver zu warnen. Außerdem sollte er ja auch auf Sue Ann Stanstead aufpassen, die irgendwo im Tiermarkt unterwegs war. Allerdings hatte Feng seinen Freund immer noch nicht erreicht. Sein Telefon war schon wieder tot. Offensichtlich testete die Telefongesellschaft ausgerechnet nun in diesem Stadtbezirk die 5-G-Verbindung und hatte das Netz vorübergehend abgeschaltet. Die beiden Virologen auf der Rückbank waren weiterhin völlig außer sich über die Geschichte mit dem Koreaner.

„Sie haben es doch hoffentlich nicht freigelassen?"

Feng versuchte möglichst ruhig zu sprechen, damit die Situation nicht noch mehr eskalierte. Gleichzeitig wollte er aber herausbekommen, wie gefährlich das Virus denn nun wirklich war.

„Nein, natürlich nicht. Es ist noch in dem Behälter. Wir haben nur mal dran gerochen."

„Sie haben dran gerochen?"

Jetzt sahen die beiden Virologen im Rückspiegel wirklich perplex aus.

„Warum?"

Feng zuckte hilflos mit den Schultern.

„Keine Ahnung. Das war irgendwie ein Reflex. Und es hat gekratzt. Kann es sein, dass es kratzt?"

„Das kommt darauf an, was sie damit machen. Manchmal schon."

Dr. Hao Wang sah ihren Kollegen von der Seite her an.

Der zog seine Augenbrauen fragend hoch.

Sie nahm ihr Telefon und tippte.

„Sie können aktuell nichts wegschicken. Das Telefon-Netz ist tot", sagte Feng, der das Tippen bemerkt hatte.

„Das brauche ich auch gar nicht", sagte die Frau. Sie hielt ihrem Kollegen das Display ihres Telefons vors Gesicht. „Das klingt doch alles ziemlich seltsam, oder?", stand dort. Er nahm das Telefon und schrieb seine Antwort.

„Die Hauptsache ist, dass wir es zurückkriegen, bevor noch andere Leute es in die Hände bekommen und wer weiß was damit anstellen."

Feng sah seinen beiden Fahrgästen beim hektischen Telefontippen im Rückspiegel zu. Er war sehr besorgt.

„Also, ich weiß ja nicht, wen Sie da vielleicht gleich benachrichtigen wollen. Aber ich kann Ihnen versichern, dass wir nichts damit gemacht haben. Bei meinem Freund Dong ist es absolut gut aufgehoben."

Dass in diesem Moment genau das Gegenteil der Fall war, konnten weder Feng noch die beiden Virologen ahnen. Dong hatte schon die ganze Zeit immer wieder auf die blanke Metallhülle unter dem Tresen geschielt und über den verlockenden Inhalt nachgedacht. Dieses leicht nussige Pulver schmeckte irgendwie besonders. Nur zu gern würde er damit eine seiner Suppen verfeinern.

„Ob das auffällt?"

Dong griff unter den Tresen, schnappte sich die Metallhülle und schraubte sie vorsichtig auf. Er blickte verstohlen nach links und rechts. Feng war nirgendwo in Sicht. Und wenn er nur ein ganz bisschen rausnahm? Außerdem hatte sein Freund sowieso gesagt, er könnte das ganze Ding wahrscheinlich behalten.

„Na dann …", nickte Dong entschlossen.

Er griff sich einen großen Löffel aus der Ablage, grub ihn tief in das weiße Pulver und hob einen kleinen Haufen heraus. Ein bisschen davon rieselte auf dem Weg zum Suppentopf runter auf den groben Betonfußboden und wurde von einem Windstoß in den Gang vor dem Suppenstand geweht. Irgendjemand hatte die Seitentür aufgemacht und für Durchzug gesorgt. Prompt wurde nochmal die Hälfte des Pulverhaufens vom Löffel geweht. Dieses Mal verschwand der weiße Staub zwischen den Köpfen der wartenden Kunden.

„Ach, verdammt", fluchte Dong und versenkte das verbliebene Pulver in der Suppe. Er rührte um, probierte, schmatzte ein paar Mal und machte ein nachdenkliches Gesicht. Dann blickte er wieder auf den geöffneten Metallzylinder. So richtig gut schmeckte das aber noch nicht. Eher nach Nichts.

„Ach, was soll´s", sagte er, griff sich den Behälter und schüttete einfach das gesamte Pulver mit einem Rutsch in den großen Kochtopf.

„Ich hätte gern eine Suppe!", klang plötzlich eine ungewohnte, helle Frauenstimme durch den Lärm der Markthalle. Es war Englisch. Dong hob den Kopf und hätte sich fast rückwärts auf den Hintern gesetzt. Vor ihm stand die Frau seiner Träume: Blonde lange Haare, volle rote Lippen, blaue Augen, ein knallrotes Kleid und eine Oberweite, die ihm schlichtweg den Atem verschlug: Es war Sue-Ann Stanstead.

Dong hörte auf, in der Suppe zu rühren. Er suchte nach Worten und vor allem nach ein paar Worten auf Englisch, denn eine Chinesin war das eindeutig nicht.

„Mit Nudeln oder mit Reis? Mit Huhn oder mit Fisch?"

Mehr fiel ihm gerade einfach nicht ein – weder an englischem Vokabular, noch an Inhalt.

„Sie können mir ruhig in die Augen sehen, wenn Sie mit mir sprechen", lachte die Frau vor seinem Tresen. Dong bekam einen roten Kopf. Stimmt, tatsächlich hatte er mehr mit ihren Brüsten gesprochen als mit ihr.

„Touristin?"

Die Frau nickte.

„Gewissermaßen. Jetzt suche ich einen Ort, wo ich mal Pause machen kann."

„Da sind Sie hier genau richtig. Bleiben Sie, bleiben Sie. So lange Sie wollen", nickte Dong und strahlte sie an. Er wies mit dem Kochlöffel nach links. „Da vorn, an dem Tisch da, da ist ein Platz frei. Huhn oder Fisch?"

„Was ist hier drin?", fragte Sue-Ann Stanstead. Sie zeigte auf den brodelnden Topf, im dem Dong gerade das gesamte Pulver aus der Metallröhre versenkt hatte.

„Das? Ach das …. ein Experiment von mir. Ingwer, Bambussprossen, Zwiebeln, Pilze … und was ganz Neues. Ich habe allerdings keine Ahnung, ob es schmeckt."

„Dann bin ich jetzt offiziell Ihr Versuchskaninchen", nickte Sue-Ann Stanstead. Irgendwie mochte sie diesen lustigen kleinen Chinesen. Dong lachte.

„Ok, Miss, das ist ein Wort."

Er angelte mit der Kelle eine dampfende Portion Suppe aus dem Topf.

„Diese Schale hier ist für Sie. Und sie ist gratis."

„Nein, das geht doch nicht."

„Doch, sicher", nickte Dong energisch und drückte ihr die rote Bambusschale in die Hände. „Schließlich probieren Sie als erster Kunde meine neue Kreation. Nachher fallen Sie mir noch um und dann?"

Sue-Ann legte theatralisch eine Hand an ihre Wange.

„Oh, mein Gott, so schlimm wird es hoffentlich nicht werden."

Beide lachten.

„Da vorn, bitte, setzen Sie sich, bei dem Inder."

Dong wies ihr mit ausgestrecktem Arm den Weg. Die kleine Sitzecke für seinen Stand war gleich neben dem benachbarten Obststand. Wer das nicht wusste, konnte denken, dass die Tische und Stühle zu dem Obsthändler gehörten

„Und wenn Sie noch was brauchen, rufen Sie einfach rüber. Mein Name ist Dong."

Er wandte sich wieder seiner Kundschaft zu.

„Noch jemand was von dieser Suppe?"

Vor dem Tresen gingen die Hände mit den Geldscheinen in die Höhe. Die wartenden Kunden hatten die kurze Unterhaltung mit angehört und waren offensichtlich sehr gespannt auf seine neueste Kreation.

„Nicht drängeln. Einer nach dem anderen", rief Dong. Er rieb sich die Hände und griff nach der Suppenkelle. Zum Glück hatte er das Pulver in den größten seiner fünf Töpfe geschüttet. Das wurde ein guter Tag für sein Geschäft. „Es ist für jeden genug da."

Während Sue-Ann Stanstead mit der übervollen Suppenschale konzentriert wie eine Seiltänzerin hinüber zur Sitzecke schritt, stürzte am Haupteingang des Tiermarktes der kleine Schuhputzer durch die Pendeltüren. Ihm war nicht entgangen, dass die amerikanischen Soldaten auf seiner Fährte waren – das zumindest dachte er.

Den ganzen Weg vom Restaurant Kung Fu waren die vier Männer ihm gefolgt. Zuerst hatte Yong, so der Name des Jungen, gar nichts davon bemerkt. Er war nach dem Zusammenstoß in der Toilette so blitzschnell wieder aus dem Restaurant verschwunden – er hatte gar nicht damit gerechnet, dass ihm jemand folgen würde. Offenbar waren diese Soldaten aber doch schlauer, als er dachte. Denn Yong war nicht einfach so ins Kung Fu gegangen. Er war auf lohnende Beute aus. Yong war kein Schuhputzer, sondern ein äußerst geschickter Taschendieb – und hier im Tiermarkt zog er nun seine Beute das erste Mal aus der Hosentasche, um sie zu begutachten: Es war die Phiole mit der mysteriösen grünen Flüssigkeit. Der Junge hatte sie Juri geschickt aus dem Jacket gestohlen, als er um ihn herumgetänzelt war.

Eigentlich hatte Yong auf eine Geldbörse oder ein Telefon gehofft. Aber in der Kürze der Zeit hatte er nur einmal zugreifen können – und herausgekommen dabei war jetzt das hier. Der Dieb hielt die Phiole gegen das grelle Kunstlicht, das von der Hallendecke schien. Das Licht drang kaum durch den grünen Inhalt. Was das bloß sein sollte?

„Hmmmm".

Er machte ein skeptisches Gesicht und presste die Lippen zusammen. Konnte ein Medikament sein. Oder ein teures Parfüm? Wertvoll sah das Ganze auf jeden Fall aus, mit dem goldenen Verschluss, dem dicken Glas und der intensiven Farbe. Er würde einfach versuchen, es auf dem Schwarzmarkt zu verkaufen. Mal sehen, was er dafür bekam.

Zunächst aber brauchte er für sich ein gutes Versteck. Durch das Glas der Türen sah er die Amerikaner auf der anderen Straßenseite an der Ampel stehen. Gleich würden sie rüberkommen. Der Junge blickte nervös nach links und rechts. Irgendwo ... irgendwo .... da, da vorn – unter den Tischen mit den Marder-Käfigen. Er musste einfach nur hinter der herunterhängenden gelben Plastik-Tischdecke verschwinden. Yong sprintete los und rannte auf die Tischreihe zu. Die Marder schreckten auf, begannen in den Käfigen hin- und herzuspringen. Sie machten dabei einen Höllenlärm. Verglichen mit der gesamten Geräuschkulisse in der Markthalle war das jedoch gar nichts und so bemerkte der beschäftigte Standbesitzer nicht einmal, dass der Schuhputzer und seine geheimnisvolle Beute mit einem Rutsch unter seinem Tisch verschwanden.

Inzwischen hatte Sue-Ann Stanstead mit ihrer Suppenschale neben dem Inder in der kleinen Sitzecke Platz genommen.

„Guten Tag", sagte sie und versuchte ihre Suppe auf dem kleinen Tisch durch Pusten etwas abzukühlen. „Mein Name ist Sue-Ann. In bin Amerikanerin. Woher kommen Sie?"

„Ich bin aus Indien. Mein Name ist Dines Kumar."

Sue-Ann stellte das Pusten abrupt ein und sah den Mann mit großen Augen an.

„Dines Kumar? Der Astrophysiker? Der mit den Krankheiten aus dem Weltall, und so?"

Der Inder musste lachen. Seine weißen Zähne blitzten in dem dunklen Vollbart. Er deutete eine Verbeugung an und tippte mit dem Zeigefinger an seinen dunkelblauen Turban.

„Genau der."

„Das gibt es doch gar nicht."

Sue-Ann war richtig außer sich.

„Gerade vor Kurzem hat mein Freund noch von Ihnen gesprochen. Wir hören uns heute Abend Ihren Vortrag über Sternschnuppen an. Ist doch heute Abend, oder?"

Nun war Dines wirklich amüsiert – zog es aber vor, diplomatisch zu lächeln, damit es nicht den Eindruck erweckte, er würde seine freundliche Tischnachbarin auslachen.

„Ja, mein Vortrag ist heute Abend und es geht tatsächlich um Meteoriten. Wer ist denn Ihr Freund?"

„Naja, er ist nicht direkt mein Freund. Eher ein sehr guter Bekannter, könnte man sagen – Phil Bates."

Jetzt war es an dem Inder, erstaunt zu gucken.

„Der Phil Bates? Der amerikanische Milliardär?"

Sue-Ann schob sich einen Löffel Suppe in den Mund und schluckte.

„Entschuldigen Sie. Ich habe so einen Hunger. Wir haben nur heute Morgen am Flughafen ein Croissant gegessen und dann im Hotel noch ein Müsli. Und dabei haben wir auch noch irgendwelche Vironauten getroffen, die mit USB-Sticks und Aktenkoffern bewaffnet waren. Haben Sie schon mal Vironauten getroffen? Und ja, DER Phil Bates. Wir kennen uns seit der Highschool."

Sie nahm noch einen Löffel Suppe. Schmeckte irgendwie interessant. Kratzte nur ein bisschen im Hals. Sie räusperte sich und sah zu Dong rüber. Der hob hinter seinem Stand fragend seine Arme. Sue-Ann lächelte. Sie hob ihren linken Daumen nach oben. Dong klatschte in die Hände. Er sah glücklich aus. Ihr Tischnachbar hatte die kurze Szene verfolgt.

„Auch ein Freund von Ihnen aus der Highschool?"

Sue-Ann schüttelte den Kopf und lachte.

„Nein, gar nicht. Ich habe nur meine Suppe dort gekauft. Ist wirklich lecker. Wollen Sie mal kosten?"

Der Inder hatte noch den Löffel seines Essens auf dem Tisch liegen.

„Wenn es Sie nicht stört? Ist unbenutzt."

Sue-Ann winkte ab.

„Ach was. Nehmen Sie nur eine ordentliche Portion!"

Dines nahm einen Löffel voll und probierte.

„Hmmm, schmeckt ungewöhnlich."

„Oder?"

„Ja, irgendwie ganz intensiv nach Nuss – und kribbelt in der Nase."

Sue Ann sah ihn verwundert an.

„Ernsthaft? Bei mir hat es im Hals gekratzt. Naja, wie auch immer – über was reden Sie denn heute Abend so?"

Der Inder lehnte sich im Stuhl zurück und sah sie an.

„Tja, stellen Sie sich einfach mal vor, dass bestimmte Krankheiten auf der Erde gar nicht von der Erde stammen, sondern aus dem Weltall. Meteoriten dringen in unsere Atmosphäre ein und bringen Bakterien und Viren mit, die sich dann hier auf dem Planeten ausbreiten. Wir und unser Immunsystem sind aber gar nicht darauf vorbereitet und Impfstoffe gibt es nicht. Das könnte ein tödliches Szenario geben. Eine weltweite Pandemie sogar."

„Im Ernst?"

Sue Ann schüttelte sich.

„Erzählen Sie mal …"

Während Dines Kumar erneut mit dem Löffel in die Suppe und in seinen Vortrag über außerirdische Viren eintauchte, traf auf der anderen Seite des Tiermarktes ein besorgter Mann ein: Phil Bates. Er war von seinem kurzen Termin zurück und auf der Suche nach seiner schmollenden Freundin. Den Taxifahrer von vorhin hatte er nicht mehr erreicht und auch keinen Anruf von ihm erhalten, wie es wohl Sue-Ann ging. Das war allerdings kein Wunder, denn Feng hatte ebenso wie alle anderen Menschen im Stadtteil aktuell kein Telefonnetz, weil die Telefongesellschaft immer noch die Strahlungsintensität prüfte.

Das wiederrum konnte Phil Bates nicht wissen. Er regte sich schlicht und einfach auf, weil sein Telefon nicht funktionierte. „China, ha. Von wegen Technologie-Vorreiter. Nicht mal vernünftige Telefone können die bauen. Läuft doch alles nicht." Als dann noch das Gewimmel von Menschen, wilden Tieren,

Gerüchen und Geräuschen auf ihn einstürmte, als er den Huanan-Tiermarkt betrat, war es ganz aus.

„Sue-Ann", brüllte Phil Bates ganz einfach los, um sich Luft zu machen. Er stand in der Mitte des Eingangsbereichs und drehte sich suchend langsam im Kreis herum. „Sue-Ann, wo bist Du?"

Was die umstehenden Chinesen von ihm dachten, war ihm ganz egal. Es kam ja nicht von ungefähr, dass er Milliardär war und sein Vermögen hatte er bestimmt nicht gemacht, weil er sich nie bemerkbar gemacht hatte.

„Sue-Ann!"

„Meine Güte, Sie brüllen ja die halbe Stadt zusammen. Worum geht es denn?"

Das kam Phil Bates gerade recht. Irgendein Wichtigtuer, der ihn von hinten anquatschte und ihm erzählen wollte, wo es lang ging. Na, der konnte was erleben. Er drehte sich mit Schwung um, während er tief Luft holte – und blieb verblüfft schlagartig stehen. Seine Worte blieben ihm im Hals stecken.

Vor ihm standen vier US-Soldaten in Uniform und das in einem völlig chaotischen Tiermarkt mitten im tiefsten China. Damit hatte er nun wirklich nicht gerechnet.

„Was machen Sie denn hier?", fragt er den großgewachsenen Offizier vor ihm. Der hatte offensichtlich das Kommando.

„Das könnten wir Sie genauso gut fragen", gab Jimbo grinsend zurück. „Aber wo Sie schon zuerst gefragt haben, will ich Ihnen mal antworten. Wir sind eine Abordnung aus Fort Detrick und wegen der World Military Games hier. Reicht Ihnen das?"

Phil Bates sah ihn abschätzend an.

„So, so, Fort Detrick. Das ist ja interessant."

Am Jackenärmel von Jimbo zog jemand und zischte ihm von hinten etwas ins Ohr. Es war Sergeant Sutherland.

„Den Typen kenne ich, Sir. Der war mal auf dem Cover des People-Magazins. Ich komm nicht drauf, wie er heißt, aber der hat mächtig viel Geld."

Jimbo ignorierte den Einwurf und blickte weiter geradeaus.

„Ja, Fort Detrick. Stimmt was damit nicht? Sie betonen das so eigentümlich."

„Naja ...", sagte Phil Bates zögernd. „Der Name ist bekannt. Sie haben da dieses militärische Virenlabor und vor Kurzem gab es einen Vorfall. Ich meine sogar, dass das Labor deswegen aktuell geschlossen ist."

Jetzt war es an Jimbo, seinen Gesprächspartner abschätzend anzusehen.

„Da haben Sie Recht. Seit August. Es gab ein kleines Problem mit dem Abwasser."

Phil Bates musste sich zusammenreißen, um nicht laut loszulachen. Natürlich kannte er alle Einzelheiten.

„Ein kleines Problem? Ich bitte Sie, ehrlich. Das ist ein Virenlabor der höchsten Sicherheitsstufe, der Stufe Vier – das Medical Research Institute of Infectious Diseases. Die haben dort Viren von Ebola bis Corona. Und es gab zwei Vorfälle, wo kontaminiertes Abwasser aus dem Labor in die Umwelt gelangt ist. Bis heute weiß kein Mensch, was für Viren da drin waren."

Nun interessierte es Jimbo noch brennender, wem er da gegenüberstand. Woher wusste dieser Zivilist das alles?

„Wer sind Sie?", fragte er.

„Ich bin Phil Bates."

„DER Phil Bates?"

„Ja."

Am rechten Jackenärmel von Jimbo zog es erneut. Es war Sergeant Sutherland. „Hab´ ich es doch gewusst."

„Aha,", sagte Jimbo und schüttelte Sutherlands Hand von seinem Ärmel ab. „Was die Frage aufwirft, was Sie hier in Wuhan machen. Von uns wissen Sie nun alles, Sir, aber wir wissen nichts von Ihnen."

Bates nickte.

„Da haben Sie recht. Ich bin geschäftlich hier und habe meine weibliche Begleitung verloren. Sie muss hier irgendwo in diesem riesigen Tiermarkt rumschwirren, aber ich weiß leider nicht wo und mein Telefon funktioniert nicht."

„Dürfen wir Ihnen suchen helfen? Ich weiß aus einer Fernseh-Talkshow, wie Ihre Frau aussieht."

Phil Bates konnte nicht umhin, leicht verlegen auszusehen.

„Tja, mein guter Mann, es ist nicht direkt meine Frau – wenn Sie wissen, was ich meine. Und bevor wir loslegen, würde ich gern noch was essen. Ich habe einen Mordshunger."

„Das passt hervorragend, Sir, wir auch."

„Also dann", winkte Bates mit einer Handbewegung. „Ich würde mal sagen: Abmarsch. Ich lade uns alle ein."

„Wie sieht Ihre Begleitung denn aus, Sir?", fragte Jimbo im Losgehen.

„Diese Frau können Sie hier drin gar nicht übersehen, glauben Sie mir. Achten Sie einfach auf etwas Knallrotes."

„Also, mein Cousin aus Wisconsin, der hatte auch mal richtig Probleme mit seiner Ehe-Frau ...", schob sich Sergeant Sutherland neugierig von hinten an den Milliardär und Jimbo heran.

„Sutherland ..."

„Ja, Sir?"

„Schnauze."

„Geht klar, Sir."

Hinter ihnen donnerte ein mächtiger Nieser durch die Luft.

„Herrgott nochmal, Bob, jetzt reiß Dich mal zusammen!", schnauzte Sergeant Sutherland seinen Untergebenen an.

„Würde ich ja gern, aber das wird immer schlimmer", gab Bob näselnd zurück. Er war ziemlich blass und fing jetzt auch noch an zu husten. Phil Bates hatte sich im Gehen kurz umgedreht. Jetzt wandte er sich wieder Jimbo zu.

„Sieht nicht gut aus, Ihr Mann. Ist mit dem alles in Ordnung?"

„Jaja", winkte Jimbo ab. „Der hat sich nur im Flugzeug wegen der Klima-Anlage eine handfeste Erkältung eingefangen. Ist nichts Wildes. Das geht schon wieder weg."

Phil Bates drehte sich nochmal nach hinten um.

„Na, ich weiß nicht. Sind Sie sicher, dass sie irgendwie nichts Ansteckendes aus Fort Dettrick mitgebracht haben?"

Hätte man in diesem Moment mit einem Spionage-Satelliten von oben durch die dicke Betondecke des Tiermarktes filmen können, hätte sich ein sehr eigentümliches Bild ergeben. Der Huanan-Tiermarkt war innen angelegt, wie ein großes rechteckiges Hufeisen. Während auf der einen Seite Sue-Ann Stanstead eingehakt bei dem indischen Astronomen lachend den Hauptgang hinunter ging, liefen auf der anderen Seite Phil Bates und seine Begleiter exakt in die andere Richtung. So würden sie die Freundin von Phil Bates mit Sicherheit nicht finden, aber eines ganz bestimmt: den Suppenstand von Dong. Sie gingen direkt darauf zu.

Am Haupteingang hockte unterdessen immer noch der vermeintliche Schuhputzer unter dem Tisch mit den Marder-käfigen. Yong hatte den Amerikaner mit der Hornbrille und dem schlabberigen Polo-Shirt einen Namen brüllen hören. Er war kurz davor gewesen, unter der Tischdecke hervorzukom-men, um dem Mann „zu helfen". Der wäre bestimmt ein sehr leichtes Opfer gewesen. Sah aus wie ein Voll-Nerd und führte sich auch so auf. Aber noch bevor Yong unter dem Tisch her-vorkrabbeln konnte, tauchten plötzlich die vier US-Soldaten auf der Bildfläche auf und sprachen den Mann an. Dann war alles gelaufen. Sie gingen zu fünft los und verschwanden in der Menschenmenge im Gang.

Das war die Gelegenheit für Yong, endlich aus seinem Versteck zu kommen. Der Standinhaber war ihm schon ein paar Mal ge-fährlich nah gekommen und irgendwann würde er ihn mit Si-cherheit ertappen. Dann setzte es garantiert ein paar heftige Ohrfeigen. Der Junge schob sich unter dem Tisch hervor, rich-tete sich auf und schüttelte sich kurz. Seine Umhängetasche war da und auch der kleine Holzkasten mit dem Schuhputz-

Zeug – das er ja ohnehin nur zur Tarnung brauchte.

„Haben wir Dich!", wurde er plötzlich am Arm gepackt. Yong fuhr erschrocken herum – und blickte direkt in das Gesicht von Juri. Verdammt, die Russen. Die hatte er völlig vergessen. Wie zum Teufel hatten die ihn gefunden? Auf jeden Fall musste er die beiden Nervensägen so schnell wie möglich loswerden.

„Lassen Sie mich los", schrie er deshalb so laut er konnte. Die Umstehenden blickten schon rüber. Je mehr Leute aufmerksam wurden, desto besser.

„Du steckst doch garantiert mit diesen verfluchten Amis unter einer Decke. Gib mir sofort die Phiole zurück, Du dreckiger Dieb. Wer hat sie? Na los, sag schon. Du oder Jimbo? Wo sind sie hin, die Amis? Wenn Du mir nicht antwortest, breche ich Dir den Arm, Du kleine Ratte."

Juri lief zur Hochform auf, wurde jedoch von einem abrupten Hustenanfall unterbrochen. Er beugte sich mit einem heftig röhrenden Geräusch vornüber. Wladimir hielt ihm ein weißes Stofftaschentuch hin.

„Ich weiß gar nichts. Lassen Sie mich sofort los!", heulte Yong. Der Griff des Russen tat zwar wirklich etwas weh, aber da hatte er schon Schlimmeres erlebt. Und im Vortäuschen von Gefühlen war der Straßenjunge praktisch Weltmeister.

„So?", sagte Juri und richtete sich wieder auf. Er schob Wladimirs Hand mit dem Taschentuch zur Seite. „Das wollen wir doch mal sehen."

Nicht von ungefähr hatte Juri fünf Jahre als Aufseher in einem sibirischen Gefangenenlager verbracht und war danach zum russischen Geheimdienst KGB gegangen. Er verstärkte seinen Griff, fand die richtige Drehung für das Schultergelenk. Jetzt hatte Yong wirklich Grund zu heulen.

„Au, verdammt, schon gut, schon gut. Ich gebe Ihnen ja, was Sie wollen."

Juri lockerte seinen Griff etwas, ließ aber nicht ganz los. Er kannte diesen hinterlistigen Menschenschlag von der Straße nur zu gut – aber offenbar nicht gut genug. Er sah zwar noch, wie der Junge die grüne Glasphiole mit der Hand aus seiner Hosentasche zog. Was Juri nicht bemerkte war, dass der Junge gleichzeitig mit dem rechten Bein ordentlich nach hinten Schwung holte. Der überraschende Tritt in Juris Hoden fühlte sich an wie der Absturz mit einem Fahrstuhl aus dem 30. Stockwerk.

„Arrrrghhoooogottverdammt", krümmte er sich nach vorn, die Hände jetzt zwischen seinen Beinen. Yong war frei. Aber der andere Russe sprang vor und griff nach dem Jungen. Instinktiv ließ Yong sich nach hinten fallen, rollte herum, sprang auf. Wladimir griff ins Leere. Yong warf sich herum, schlug wie ein Kaninchen ein paar Haken und schon war er in der Menge der Marktbesucher verschwunden.

„Hol ihn Dir, Wladimir. Hol ihn Dir. Wir müssen dringend zur Übergabe", brachte Juri keuchend hervor und bekam einen weiteren Hustenanfall. Dann sackte er in seinem schwarzen Anzug auf die Knie in den Betonstaub der Halle. „Bleib stehen, Du Dieb", brüllte Wladimir und rannte los, so gut es eben ging. Zwischen den Leuten im Gang war kaum ein Durchkommen. Der Russe schob sich links und rechts vorbei, schubste Leute zur Seite, sprang immer wieder hoch – verdammt, wo war der Junge geblieben?

***

Während die Ereignisse im Huanan-Tiermarkt ordentlich Fahrt aufnahmen, wünschten sich drei andere Leute nichts mehr, als dass es endlich wieder vorwärts gehen würde: in Fengs Taxi. Der Wagen stand immer noch im Stau. Die beiden Virologen hatten sich inzwischen damit abgefunden, dass ihre Telefone nicht funktionierten. Sie schrieben sich stattdessen hektisch gegenseitig kurze Nachrichten und hielten sich die Telefone vor die Nasen. Feng beobachtete sie zwischendurch immer wieder mal im Rückspiegel. Ganz offensichtlich waren sie höchst beunruhigt und schrieben sich Sachen, die er nicht hören sollte. Ob es mit dem Virus im Tiermarkt zu tun hatte? Ganz falsch lag Feng mit seiner Vermutung nicht. Hao Wang hatte ihrem Kollegen in der Tat gerade etwas aufgeschrieben, in dem das Wort „Tiermarkt" vorkam – aber in einem völlig anderen Zusammenhang.

„Meinst Du, dass Phil Bates von unserem Deal abspringt und stattdessen das Virenlabor am Huanan Tiermarkt beauftragt?" Ihr Kollege sah sie an, schüttelte den Kopf, schrieb etwas auf seinem Display und hielt es ihr vor das Gesicht.

„Nein, auf keinen Fall. Das Labor hat nur Sicherheitsstufe 2. Wir haben Sicherheitsstufe 4. Dieses Risiko ist auch für Bates zu hoch, selbst wenn die dort vielleicht ein günstigeres Angebot machen sollten. Wenn da was aus dem Labor entwischt, was er in Auftrag gegeben hat, dann kommt er in Teufels Küche."

Tatsächlich beschäftigte sich das Wuhan Zentrum für Krankheitskontrolle und -prävention mit Corona-Viren. Seit dem Ausbruch der SARS-Epidemie im Jahr 2002 setzte die chinesische Regierung alles daran, auf eine erneute Seuche vorbereitet zu sein. In dem Labor wurden unter anderem Fledermäuse gehalten, auf Viren untersucht und mögliche Impfstoffe entwickelt. Die Menge und Arten von Corona-Viren in Fledermausblut waren besonders hoch. Auch wurden von überall aus dem Land immer wieder verschiedene Fledermäuse, Blut- und Kotproben hierhergebracht.

Kurioserweise lag dieses Virenlabor nur gut 300 Meter vom Huanan-Tiermarkt entfernt. Die Virologen vom Zentrallabor aus dem Stadtteil Jiangxia scherzten deshalb gern mal „warum die Kollegen nicht einfach gleich auf den Tiermarkt gingen und sich die Fledermäuse dort kauften". Im Jahr 2013 waren sogar einige Forscher ins 1800 Kilometer entfernte Yunnan geflogen. Dort waren sechs Arbeiter einer Kupfermine schwer erkrankt, nachdem sie einen alten Stollen von Fledermauskot gereinigt hatten.

„Hast Du eigentlich gewusst, dass die allesamt sehr schwere Grippesymptome mit Befall der Atemwege hatten? Drei der Arbeiter sind sogar daran gestorben", schrieb Zian Zao seiner Kollegin auf seinem Telefon. Sie sah ihn erstaunt an und schrieb zurück.

„Nein, das wusste ich nicht."

„Die Kollegen haben dann Proben des Fledermauskots von der Hufeisennasen-Fledermaus hier mit nach Wuhan gebracht.

Seitdem arbeiten sie dort mit diesen Coronaviren im Labor neben dem Tiermarkt."

Bevor Zao zurückschreiben konnte, wurde ihre stille Konversation von einem Jubelschrei unterbrochen.

„Ha, es geht weiter", rief Feng und trommelte im Überschwang mit beiden Händen auf dem Lenkrad herum. Vor ihnen rollten die ersten Autos an, nahmen langsam Fahrt auf. Feng ließ erleichtert den Motor an. Endlich konnten sie sich auf den Weg zum Tiermarkt machen. Er hoffte nur, dass sein Freund Dong mit dem Pulver nichts Dummes angestellt hatte. Das wäre eine Katastrophe. Wenn doch nur diese blöden Telefone endlich wieder funktionieren würden. Wie lange konnte es denn dauern, die Strahlung des 5-G-Netzes zu überprüfen?

Genau das hätte ihm der Manager der Telefongesellschaft sagen können, den er heute Morgen gefahren hatte. Der Mann ging in diesem Moment mit dem Telefon am Ohr auf dem Bürgersteig eine Straße hinunter, blieb ab und zu stehen, gestikulierte wild, fasste sich an den Kopf, ging dann wieder weiter. Die Probleme mit der Strahlungsmessung des 5-G-Netzes waren offenbar immer noch nicht gelöst. Er bewegte sich langsam auf eine belebte Kreuzung zu. Hier gab es unter anderem einen großen Kiosk und davor stand – der Koreaner aus Fengs

Taxi. In seiner Verzweiflung hatte der Mann sich schon eine PrePaid-Telefonkarte gekauft, um damit endlich wegen seiner verlorenen Metallröhre telefonieren zu können. Vielleicht war ja seine SIM-Karte ganz einfach beschädigt. Wie hätte der Mann auch ahnen können, dass er nicht telefonieren konnte, weil das Telefonnetz vorübergehend abgeschaltet war – zumindest für Normalbürger.

Selbst mit der ausgetauschten Karte hatte er also verständlicherweise kein Freizeichen bekommen und stand nun extrem frustriert neben dem Kiosk. Eher zufällig bekam er deshalb das Gespräch mit, das eine Fünfer-Gruppe von Chinesen um die Hausecke herum auf der anderen Seite des Kiosks führte.

„Also die Adresse war definitiv falsch. Dummerweise können wir nicht nach der richtigen Straße im Internet gucken, weil unsere Telefone nicht funktionieren – was merkwürdig ist. Wir werden aber auf keinen Fall wieder nach Hause fahren, ohne eine Lösung für unser Problem zu finden", sagte einer der Männer. Er hatte eine ziemlich auffällige Frisur und seinen Seiten-Scheitel fast wie eine Art Lackritzschnecke auf dem Kopf nach rechts gedreht. Es waren die Schweinezüchter aus Ezhou, die Feng heute Vormittag gefahren hatte.

„Ich bin mir nicht sicher, ob wir das überhaupt wieder in

den Griff kriegen", sagte ein Zweiter. „Die Symptome erinnern mich an den Ausbruch der Afrikanischen Schweinepest 2018. Da haben wir hier in China allein 100 Millionen Schweine sicherheitshalber getötet, damit die Seuche sich nicht weiter ausbreitet – und einen verlässlichen Impfstoff gibt es bis heute nicht."

„Na, aber immerhin haben wir versucht, etwas Wirksames zu entwickeln."

„Was aber nicht geklappt hat. Es gibt immer noch Leute, die fest davon überzeugt sind, dass die Schweinemast-Industrie solche Impfstoffe illegal produziert hat – und damit unberechenbare Mutationen bei Viren ausgelöst hat, die auch auf den Menschen überspringen können."

„Das stimmt", pflichtete ein Dritter bei. „Immerhin ist das Erbgut von Schweinen sehr ähnlich zum menschlichen Erbgut. Würde ein solches Virus mutieren, dann wäre das sicher für Menschen fatal."

„Na, na, na", wiegelte der Erste mit der Lackritzschnecke auf dem Kopf ab. „Wenn das so wäre, dann würden wir längst irgendwo Leute sehen, die hohes Fieber haben, Atemnot, Blutergüsse in den Organen bis zum Organversagen und so viel Wasser in der Lunge, dass sie daran elendig ersticken. Habt ihr sowas etwa gesehen oder davon gehört? Nein, absolut nicht und absolut nirgendwo. Also ist hier jetzt mal Ruhe."

„Außerdem hätten wir dann längst eine weltweite Pandemie. So ein mutiertes Virus aus der Schweinepest würde sich mit Sicherheit blitzschnell rund um den Globus verbreiten", ergänzte ein Vierter. Und wie zur Bestätigung nieste der Fünfte in der Gruppe dreimal lautstark nacheinander.

„Gesundheit", riefen seine Kollegen fast wie im Chor.

Dem Koreaner waren irgendwelche Schweine-Geschichten aus Ezhou gelinde ausgedrückt völlig egal. Er brauchte unbedingt seinen Metallzylinder zurück. Dafür aber musste er erstmal die Taxi-Zentrale erreichen – aber wie? Er sah nach rechts – und glaubte, seinen Augen kam zu trauen. Das durfte doch nicht wahr sein. Als ob sein Wunsch erhört worden wäre, kam da dieser junge Chinese im blauen Anzug direkt auf ihn zu – und telefonierte offensichtlich problemlos.

„Sie haben ein Netz?", sprach der Koreaner den Mann völlig verblüfft an.

„Ja, das habe ich", antwortete er knapp, unterbrach die Verbindung und steckte sein Telefon zurück ins Sakko. Der Koreaner bemerkte natürlich die abweisende Art, aber er konnte und durfte einfach nicht lockerlassen.

„Entschuldigen Sie, ich weiß, dass ist unhöflich, aber ich versuche seit mehr als zwei Stunden zu telefonieren und habe kein Signal."

Der Chinese drehte sich zu ihm und sah ihn mit einem süffisanten Lächeln an.

„Nun ja, wenn man im Management von China Mobile arbeitet, stehen einem gewisse Telefonkanäle zur Verfügung, die andere Menschen nicht haben."

Der Koreaner war kurz davor, vor dem Mann auf die Knie zu fallen.

„Um Gottes Willen, darf ich bitte ihr Telefon kurz benutzen? Ich habe etwas in einem Taxi verloren und muss es unbedingt wieder haben, bevor es in die falschen Hände gerät."

Der Chinese hielt ihm das Telefon wortlos hin. Der Koreaner griff zu und wählte hektisch.

„Hallo, hallo, ist dort die Taxi-Zentrale? Ich bin heute Morgen mit einem Ihrer Wagen gefahren. Der Fahrer hat mal Medizin studiert und konnte kaum durch seine Haare gucken. Davon werden Sie wohl nicht so viele haben. Ich habe etwas in dem Wagen vergessen …"

Zum Glück für den Koreaner hatte er die Frau erwischt, die gleich neben Bao in der Telefonzentrale saß. Der konnte Fengs Wagen über den eingebauten GPS-Sender orten und wusste so trotz Telefonausfall zumindest, in welche Richtung er fuhr.

Zum Pech für Feng, schickte Bao deshalb auch gleich ein Taxi zum Koreaner – der eilends aufbrach und nun mit der Fährte des GPS-Signals ebenfalls ein zwangsläufiges Ziel hatte: den Huanan-Tiermarkt.

Während so offenbar alle Beteiligten der Virus-Verstrickung höchst gestresst waren, gab es einen Menschen, der einfach nur zufrieden vor sich hin grinste: Es war Dong. Die Nachricht von seiner neuen Suppenkreation hatte sich in Windeseile herumgesprochen und die Kunden standen vor seiner kleinen Küche im Tiermarkt reihenweise an. Die Suppe verkaufte sich wie von selbst.

Sogar eine Gruppe von fünf Amerikanern hatte sich für die dampfende Köstlichkeit entschieden und löffelte jetzt fleißig vor sich hin. Vier davon waren Soldaten. Einer sah irgendwie krank aus. Er hatte einen ziemlich roten Kopf, ganz glasige Augen und nieste die ganze Zeit vor sich hin. Naja, die Suppe würde ihm dann wahrscheinlich guttun, dachte Dong bei sich. Die Gruppe hatte auch fast schon die letzte Portion der außergewöhnlichen Suppe bekommen. Der Topf war jetzt praktisch leer.

„Ich muss Feng unbedingt fragen, ob er noch mehr von diesem Pulver besorgen kann", murmelte Dong vor sich hin, während er im Kopf die heutigen Tageseinnahmen grob durchrechnete. 200 Portionen der Suppe hatte er bestimmt verkauft. Selbst die blonde Amerikanerin hatte im Weggehen noch gesagt, wie außergewöhnlich die Suppe gewürzt war und auch ihr indischer Begleiter bedankte sich bei Dong.

Der Mann hatte noch einige Handzettel aus seiner Umhängetasche geholt und auf den Tresen gelegt: „Ist für meinen Vortrag heute Abend im Convention Center. Es geht um Viren aus dem Weltall. Ich freue mich, wenn Sie kommen." Dong blickte den beiden noch hinterher, bis sie am Fisch-Stand um die Ecke herum verschwunden waren und seufzte tief. Was für eine strahlende Frau. Dann atmete er durch, schüttelte den Kopf und ging wieder an die Arbeit. Viren aus dem Weltall, so ein Blödsinn.

Tatsächlich fühlte sich Sue-Ann Stanstead auch sehr gut. Abgesehen von dem Kratzen in ihrem Hals, hatte sie beste Laune. Sie, allein in einem chinesischen Tiermarkt, unterwegs mit einem charmanten Astrophysiker – besser konnte es gar nicht sein. Phil Bates würde sie einfach anrufen, wenn das Telefon wieder funktionierte. Und das merkwürdige Gefühl in ihrem Hals schob sie auf die Suppe. „War wohl doch etwas scharf", zwinkerte sie ihrem indischen Begleiter zu, der wie zur Bestätigung in sein Taschentuch schnaubte. „Ja, meine Nase läuft auch immer noch", lachte Dines Kumar.

Sue-Ann wollte ihm gerade antworten, als ohne Vorwarnung gut zwanzig Meter vor ihnen ein lauter Tumult losbrach. „Die Erneuerung kommt von außen", rief eine Männerstimme. Dann wirbelten jede Menge Flugblätter über den Köpfen der Tiermarktbesucher durch die Luft. Die Leute im Gang wichen unwillkürlich zur Seite aus. Sie gaben den Blick auf den Auslöser des Ganzen frei.

„Du liebe Güte, was ist das denn?"

Sue-Ann Stanstead drückte sich unbewusst an die Seite ihres Begleiters. Die Gestalt da vorn wirkte nicht gerade vertrauenerweckend, eher fanatisch, so als ob dem Mann gleich alle Sicherungen durchbrennen würden – oder schon durchgebrannt waren. Er war ganz in Weiß gekleidet. Die Hose wurde von einem roten Gürtel gehalten. Die Frisur war das Eigentümlichste: Die Kopfseiten waren kahlgeschoren und die verbliebenen Haare wie ein Nest noch oben hin aufgestellt: Es war der entlassene Abteilungsleiter aus dem Virenlabor.

„Was ist denn mit dem los?"

Sue-Ann Stanstead war wirklich beunruhigt. Der Mann rief weiterhin seine Parole und versuchte sehr aggressiv, vorbeigehenden Passanten das Flugblatt in die Hand zu drücken. „Ich habe davon gehört. Das ist so eine Weltuntergangs-Sekte. Die sprechen davon, dass die Mehrheit der Menschen zuerst vernichtet werden muss, damit sich eine neue und verantwortungsvolle Menschheit bilden kann", sagte der Astrophysiker.

„Aus meiner Sicht sind das absolute Spinner."

Sue-Ann sah den Inder fragend an. Immerhin war er es, der davon sprach, dass tödliche Viren per Meteorit auf die Erde kamen. Ob das so ganz klar im Kopf war, naja. „Kommen Sie, wir gehen einfach hier in das Pflanzengeschäft", sagte sie und zog den Inder mit sich rechts durch die Eingangstür. „Irgendwann wird der schon aufhören, rumzubrüllen."

Wie schnell das ging, bekamen die beiden schon gar nicht mehr mit. Gerade eben noch hatte der ehemalige Virologe laut gerufen: „Atmet, atmet, so lange ihr noch könnt" als ihm selbst das Atmen schlagartig verging. Mit einem gewaltigen Rumms rannte der flüchtende Schuhputzer in den Mann hinein, rammte ihm dabei seinen Kopf in die Magengrube. Yong hatte sich gerade noch umgedreht, um nach seinem russischen Verfolger zu sehen – da war dieser merkwürdige weiße Vogel vor ihm aufgetaucht. Ans Bremsen geschweige denn Ausweichen war gar nicht mehr zu denken und so war er im vollen Lauf in den Mann reingerannt, stolperte und ging mitsamt dem Fanatiker zu Boden.

Noch im Fallen spürte Yong, wie seine beiden Hände sich instinktiv öffneten, um den Sturz aufzufangen. Das Dumme war nur, dass er in der rechten Hand die Phiole mit der grünen Flüssigkeit hielt. Aus dem Augenwinkel heraus sah er noch wie in Zeitlupe, dass der Glasbehälter über den grauen Betonfußboden wegrollte. Dann verschwand die Glasröhre zwischen den Füßen und Schuhen der vorbeigehenden Passanten und umstehenden Menschen.

„Sag mal, spinnst Du?"

Der weiß angezogene Mann hatte seinen Oberkörper aufgerichtet. Er stützte sich auf seinen Ellenbogen ab und brüllte Yong an. Der Junge sprang auf, suchte mit seinem Blick den Fußboden ab. Wo war die Phiole? Irgendwo musste sie doch liegen.

„Hab´ ich Dich!", brüllte plötzlich ein zweiter Mann.

Oh nein, es war der Russe. Er drängelte sich durch die umstehende Menschenmenge. Gleich war er da. „Bleib stehen, Du Dieb!"

Yong musste eine Entscheidung treffen. Entweder rettete er die Phiole oder seine Gesundheit, vielleicht sogar sein Leben. Wer wusste schon, was in dieser Glasröhre war. Es musste einen Grund geben, warum die Russen hinter dem Ding her waren wie der Teufel hinter der Seele. Die Entscheidung fiel ihm nicht schwer: Leben. Mit einem Sprung verschwand Yong in der Menschenmenge vor ihm, tauchte ab und war wie von Zauberhand schlagartig weg.

„Wo ist er?"

Wladimir hatte sich endlich durch das Publikum durchgewühlt. Er blickte sich hektisch um. Eben war der Junge doch noch hier gewesen.

„Wo ist er hin?", schrie Wladimir den Mann vor sich auf dem Fußboden an. Er war ganz offensichtlich in die Situation verwickelt, gehörte vielleicht sogar zu dem Taschendieb dazu.

„Ich weiß es nicht, keine Ahnung. Geht mich auch nichts an", gab der Chinese zurück und klopfte sich den Schmutz aus der weißen Kleidung, so gut es eben ging. „Ich habe den Jungen noch nie gesehen. Irgend so ein armseliges Straßenkind."

Wladimir stützte seine Hände auf den Knien ab, versuchte zu Atem zu kommen.

„Er hatte etwas dabei. Eine grüne Glasröhre. Haben Sie was gesehen?"

„Guter Mann, das ging so schnell. Ich weiß ja selber nicht, was passiert ist. Glasröhre? Was für eine Glasröhre? Ich habe nichts gesehen und jetzt lassen Sie mich in Ruhe."

Der ehemalige Virologe fing an, seine restlichen Flugblätter auf dem Betonfußboden zusammenzusuchen. Die Handzettel waren ihm bei dem Frontalzusammenstoß aus den Händen gerutscht. Wladimir sah sich ein letztes Mal um. Die Phiole war einfach nirgendwo zu sehen. Er sah auf seine Armbanduhr. Tja, das war es dann wohl mit der geplanten Übergabe. Sie würden zu spät kommen. Und der Glasbehälter war auch noch weg. Juri würde vor Wut schäumen. Direkt neben Wladimir gaben drei Chinesen fast gleichzeitig einen lauten Nieser von sich.

„Gesundheit", sagte Wladimir automatisch und leicht frustriert auf Russisch. Die könnten wenigstens ein Taschentuch nehmen. Bei ihm in der Nase kribbelte es allerdings auch mächtig. „Liegt bestimmt am Betonfußboden und dem ganzen Staub hier. Drecksladen", knurrte Wladimir. Er drehte sich um und machte sich auf den Rückweg zu Juri. Was sollte er ihm bloß sagen?

„Sie ist weg? Wie, sie ist weg?"

Juri sah seinen Kollegen an, als ob er gerade den Weltuntergang angekündigt hätte. „Die Phiole kann nicht weg sein. Du weißt, was da drin ist, Wladimir. Ich brauche das Ding und wir können es auf keinen Fall hier in diesem Tiermarkt lassen.

Noch dazu habe ich unseren Kontakt für die Übergabe immer noch nicht erreicht. Dieses verfluchte Telefon ist einfach tot."

Jetzt sah Juri sein Telefon an, als ob er dem Gerät den eigenen Untergang ankündigen wollte. Sein Kopf war durch die Aufregung hochrot und sein Gesicht mehr als finster. Doch schon im nächsten Moment hellte sich seine Miene deutlich auf.

„Ich habe ein Netz", jubelte er und hielt Wladimir den Bildschirm vor die Nase. Tatsächlich, in der oberen rechten Ecke war deutlich das Symbol der Telefongesellschaft zu sehen. Das Signal hatte vier Balken. Und kaum hatte Juri das gesagt, klingelte es auch schon.

„Es ist unser Kontaktmann für die Übergabe", zischte er und nahm das Telefon ans Ohr.

„Ja, hallo?", sagte er in seinem gebrochenen Russisch-Englisch. „Hier ist Juri. Wer ist da?"

Wladimir konnte nicht hören, was der Gesprächspartner am anderen Ende sagte. Dafür war es viel zu laut im Tiermarkt. Doch Juris eifriges Kopfnicken, das eine oder andere „Aha", „Ja" und „kein Problem" von seiner Seite zeigte, dass die Dinge offenbar gar nicht so schlecht liefen. Noch schien nicht alles verloren zu sein. Dann nahm Juri das Telefon vom Ohr und sah ihn unter seiner Hutkrempe hervor eindringlich an.

„Wladimir ..."

„Ja, Juri?"

„Wir haben Glück. Es gibt einen neuen Zeitpunkt und Ort für die Übergabe: Heute Abend im Convention und Exibition Center am Zongshan Park. Da ist irgendein Vortrag – der perfekte Ort für die Übergabe. Noch dazu wird es im Saal dunkel sein, weil es um irgendwas aus dem Weltall geht. Da bekommt garantiert keiner was von unserem kleinen Geschäft mit."

Juri holte tief Luft. Er unterdrückte einen erneuten Hustenanfall. Wladimir legt ihm beruhigend die Hand auf die Schulter.

„Es wird also doch noch alles gut, mein Freund."

Juri nickte. Er schluckte einmal trocken.

„Ich glaube auch. Aber zuerst müssen wir diese gottverdammte Glasröhre zurückbekommen. Komm, los, wir finden diesen Jungen bestimmt."

Während sie in ihren schwarzen Anzügen losstapften, brannte Wladimir noch eine Frage unter den Nägeln.

„Sag mal, Juri, Du hast doch unseren Kontakt gerade zum ersten Mal gehört. Ist es ein Mann oder eine Frau? Was für ein Landsmann? Und war er pünktlich hier im Tiermarkt? Immerhin ist er vorhin nicht mal ans Telefon gegangen. Für eine so ungewöhnliche Übergabe finde ich das sehr merkwürdig."

Juri nickte erneut.

„Da hast Du sicher recht, Wladimir. Aber das Gute: Unser Kontakt war zum verabredeten Zeitpunkt gar nicht hier. Hatte irgendwas verloren oder vergessen und konnte kein Taxi bekommen. Er hatte wohl dasselbe Telefonproblem wie wir."

„Und was für ein Landsmann? Was meinst Du?"

„Vom Englisch-Akzent her würde ich sagen: Er ist Koreaner."

Phil Bates und die Soldatentruppe hatten ihre Suppe inzwischen aufgegessen. Jimbo löffelte gerade die letzte Portion aus seiner roten Bambusschale.

„Das war wirklich lecker, kann man nicht anders sagen."

„Nur ein bisschen wenig", maulte Sergeant Sutherland neben ihm.

„Na, wird schon werden. Hier gibt es ja noch andere Stände mit Essen", beruhigte Phil Bates und sammelte die leeren Schüsseln ein. „Geben Sie mal her, ich bring das eben zurück und dann machen wir uns auf die Suche nach meiner Begleitung."

Er stellte den kleinen Schüsselturm auf den Tresen, nickte Dong kurz zu und wollte sich schon umdrehen. Dann stutzte er, griff zu und kam mit etwas in der Hand zu den Soldaten zurück.

„Sehen Sie mal hier. Da bin ich heute Abend. Vielleicht wollen Sie ja mit. Ist nicht nur interessant, sondern auch lecker. Es gibt ein Fingerfood-Buffet und spannende Infos über Viren. Müsste Sie ja besonders interessieren, wo Sie schon aus Fort Detrick kommen."

Es war einer von den Handzetteln, die der Inder bei Dong gelassen hatte. Jimbo nahm den Zettel, sah kurz drauf und reichte ihn rum.

„Was meint ihr, Männer. Wäre das was? Ist sowieso in der Nähe von unserem Hotel."

„Und zu essen gibt es auch was", ergänzte Sutherland und nickte. „Ich bin dabei."

Phil Bates klatschte in die Hände.

„Na, das ist doch mal ein Wort. Dann los – aber zuerst habe ich noch eine Frage. Was zum Geier machen Sie als Soldatentruppe überhaupt hier im Tiermarkt – außer, was zu essen zu suchen?"

Die Vier sahen sich gegenseitig an, wurden etwas verlegen. Dann nickte Jimbo dem triefnasigen Bob zu. Der zuckte mit den Schultern.

„Naja, wir fahren ja für die World Military Games kreuz und quer durch die Welt und meine Frau kocht leidenschaftlich gern. Da wünscht sie sich immer ein paar exotische Gewürze, die wir ihr mitbringen. Wir nennen das „den eigentlichen Auftrag", weil wir natürlich damit bei der illegalen Ausfuhr auf-

fliegen könnten. Wir dachten, hier gibt es sowas, aber Puste-
kuchen. Jetzt kriegt sie eben was Anderes."

„Aha", machte Phil Bates und dachte sich seinen Teil. „Also,
dann los – suchen wir meine Freundin."

Hätte Phil Bates gewusst, dass Sue-Ann Stanstead gerade
noch vor 15 Minuten genau hier gestanden hatte, dann wäre
Einiges an diesem Tag anders und vor allem besser gelaufen.
Er hätte einfach nur den Besitzer des Suppenstandes fragen
müssen, wohin die Frau gegangen war. So aber grüßten die
Amerikaner den Mann hinter den Suppentöpfen noch einmal
wortlos und gingen – aber leider in die falsche Richtung. Dong
nickte ihnen noch höflich hinterher. Gleichzeitig fragte er sich,
wo eigentlich plötzlich diese ganzen Amerikaner herkamen
und noch viel merkwürdiger: Warum wollte offensichtlich alle
Welt zu diesem Vortrag über Viren aus dem Weltall?
Als ob überall etwas Ansteckendes lauern würde. Seit dem
Ausbruch der Vogelgrippe im Jahr 2003 waren die Menschen
doch ziemlich überempfindlich in solchen Dingen. Dong sah
noch, wie Phil Bates auf ein Schild zeigte und die Männer rechts
in den ersten Stock abbogen. Dann waren sie verschwunden.
Dass Phil Bates den Suchtrupp auf diese Spur gebracht hatte,
war nicht grundlos. „Sonnenbrillen – Huanan Glasses Whole-

sale City" stand auf dem Hinweisschild mit dem roten Pfeil ins Obergeschoss der flachen Halle. Und wenn er eines wusste, dann, dass seine Begleiterin extrem auf Sonnenbrillen stand.

Noch viel mehr allerdings stand Sue-Anne Stanstead in diesem Moment auf den indischen Astrophysiker. Der Mann war nicht nur äußerst gebildet und charmant. Er hatte ihr in dem Pflanzengeschäft auch noch eine mehr als außergewöhnliche Blume gekauft und geschenkt: eine schwarze Orchidee.

„Also sowas habe ich ja noch nie gesehen", schwärmte Sue-Ann und strahlte ihren Begleiter mit schräg gehaltenem Kopf an. „Bei uns in Florida gibt es höchstens schwarze Witwen und die sind längst nicht so schön."

„Sie meinen die Spinnen?"

Sue-Ann nickte.

„Ja, genau."

„Na, ich hoffe, Sie sind keine", lachte der Inder. Er ließ wieder seine blendend weißen Zähne zwischen dem schwarzen Vollbart hervorblitzen. Zusammen mit dem dunkelblauen Turban sah das für Sue-Ann ganz einfach bezaubernd aus.

„Sie können es ja mal ausprobieren", zwinkerte sie ihm zu, nahm die Blume mit einer leichten Berührung aus seiner Hand.

„Jetzt brauchen wir nur noch eine kleine Vase, damit uns

das gute Stück unterwegs nicht eingeht. Haben Sie sowas?",
wandte sie sich der kleinen Verkäuferin zu, die gefühlt mindestens 90 Jahre alt war. Ihr Gesicht hatte so viele Runzeln und Falten, dass Sue-Ann Stanstead sich selber reflexartig mit den Fingern über die eigene Wange strich. Die alte Frau antwortete etwas auf Chinesisch.

„Was sagt sie?", fragte Sue-Ann ihren Begleiter.

„Ich habe keine Ahnung. Ich bin Inder", schmunzelte Dines Kumar. „Ich glaube das heißt: Vasen gibt es nebenan."

Sue-Ann warf ihren Kopf in den Nacken und lachte schallend.

„Nein, Sie sind ja Einer, wie witzig, ha, nein, klasse."

Der Inder lachte mit.

„Na, dann gucken wir doch mal, ob wir nebenan vielleicht eine Vase finden."

Er bezahlte mit seiner Kreditkarte. Sue-Ann hakte sich bei ihm ein und sie schritten aus dem Geschäft wie ein orientalisches Königspaar – hatte jedenfalls Sue-Ann das Gefühl. Sollte Phil Bates doch bleiben, wo der Pfeffer wächst. Zumindest für den Moment, denn seine finanzielle Ausstattung war ja nicht ohne.

Dann blieb Sue-Ann schlagartig stehen.

„Sehen Sie nur …", sagte sie völlig erstaunt.

Dines Kumar folgte ihrem Blick und war ebenso verblüfft. Als hätte jemand ihren Wunsch gehört, lag direkt vor ihnen auf dem Boden an der Kante des Abwassergitters die gewünschte Vase – oder zumindest etwas Ähnliches.

„Was ist das für ein grünes Zeug da drin?", fragte Sue-Ann. Sie kniete sich hin, griff sich den runden Glasbehälter, hielt ihn vor ihr Gesicht und schüttelte ihn. „Hmmmm, erinnert mich irgendwie an Hustensaft. Ich musste sowas nehmen, als ich ein Kind war. Asthma, Sie verstehen", sagte sie.

Dines Kumar nickte.

„Aber Sie hatten damals bestimmt keine goldene Verschlusskappe für das Lebenselixier."

„Meinen Sie, es ist wertvoll?"

Der Inder schüttelte entschlossen seinen Kopf.

„Nein, das glaube ich nicht. Wie sollte so etwas hier auf den Tiermarkt kommen? Ich glaube, es ist ganz einfach nichts."

„Das glaube ich auch", nickte Sue-Ann und stand wieder auf. Von rechts kam eine Schulklasse mit Mädchen in Uniformen – schwarze Schuhe, weiße Röcke und hellblaue Blazer. Dass es sowas überhaupt noch gab.

„Na dann …", sagte Sue-Ann und wollte den Schraubverschluss der Ampulle öffnen. Doch das war schwerer, als sie dachte. Das Ding ging einfach nicht auf.

„Na, da hat aber jemand Wert darauf gelegt, dass diese Geheimsache unter Verschluss bleibt", scherzte der Inder und streckte seine Hand aus.

„Geben Sie mal her."

Erstaunlicherweise bekam auch er die Phiole kaum auf und dass er es am Ende schaffte, war mehr Zufall als Absicht. Er drückte den Deckel zuerst herunter, dann drehte er kräftig nach rechts, zog ihn wieder hoch, versuchte es einmal nach links, dann wieder nach rechts und bewegte schließlich den Deckel über einen zweifachen Widerstand nach oben und unten – erst dann ließ sich der massive goldene Schraubverschluss lösen. Dines Kumar gab seiner Begleiterin die Ampulle zurück. Er sah nachdenklich aus.

„Ich weiß nicht ...", sagte er. „Das ging jetzt schwieriger, als gedacht. Ich habe von Behältern gelesen, die für Hochsicherheits-Produkte genutzt werden. Der Verschluss ist praktisch so etwas wie eine Zahlenkombination an einem Safe. Vielleicht sollten wir das besser nicht aufmachen."

„Ach was", winkte Sue-Ann ab und lachte. „Das wäre ja fast wie in einem Agentenfilm. Ich kippe das Zeug hier jetzt einfach hier in den Abfluss, wir holen uns etwas Wasser für die Blume aus dem Laden und gehen fröhlich weiter."

Vor ihr hatte gerade die komplette Schulklasse gestoppt. Meine Güte, dass musste ja das halbe Internat sein. Wenn das hundert Mädchen waren, war das wenig. Egal, dachte Sue-Ann bei sich, schraubte die goldene Kappe ab, hockt sich wieder hin und schüttete den gesamten Inhalt der Glasampulle in den Rinnstein. Dabei ließ sie die grüne Flüssigkeit nicht einfach nur auslaufen. Um die Substanz möglichst gut zu verteilen, bewegte sie die Glas-Phiole mit ihrer Hand noch hin und her. Das gestaltete sich allerdings schwieriger als gedacht. „Du liebe Güte", sagte sie. „Das Zeug ist ja zähflüssiger als kalter Schokopudding."

Tatsächlich klebte jetzt überall auf dem Rinnstein vor ihr ein leuchtender, dünner grüner Film. Nicht, dass das beim hygienischen Zustand dieses Marktes mit dem schmutzigen Fußboden, den rostigen Käfigen, frisch geschlachteten Hühnern, undurchsichtigen Aquarien und teils verwahrlosten Tieren in den viel zu kleinen Zwingern etwas gemacht hätte. Doch Sue-Ann war eben gut erzogen. Sie wollte diese Sauerei hier nicht einfach kleben lassen.

„Dines, sind Sie so nett und bringen noch etwas mehr Wasser mit? Dann können wir das hier mal eben wegspülen."

Der Inder nickte und verschwand in dem Pflanzengeschäft.

Vor Sue-Ann blickten mindestens zwei Dutzend Mädchenaugen auf sie herunter. Was genau machte die fremde blonde Frau in dem roten Kleid da unten auf dem Fußbboden bloß?

„Das ist nichts, gar nichts", sagt sie diplomatisch lächelnd und versuchte, den Verschluss wieder auf die Glasampulle zu schrauben. „Wir machen das hier gleich sauber. Nur einen kleinen Moment mal eben."

„Huuuuatscha!", tönte es von oben.

Sue-Ann blickte hoch.

„Gesundheit."

„Danke", antworteten drei Schülerinnen gleichzeitig auf Englisch und lächelten schüchtern zurück. Nanu? Gruppenniesen? Sue-Ann Stanstead musste grinsen. Ob die Mädchen vielleicht auch an diesem Suppenstand gegessen hatten? Ihre eigene Nase zumindest kribbelte immer noch und schon im Pflanzengeschäft hatte sie das Niesen die ganze Zeit unterdrückt.

Naja, das lag bestimmt an der Klimaanlage in dem Laden und die Mädchen hier ... wenn sie sich die kurzen Röcke ansah ... da würde sie selber das Niesen kriegen.

„Hier ist das Wasser."

Dines Kumar kam mit einer großen Gießkanne aus dem Geschäft zurück.

Sue-Ann hielt die leere Phiole hoch.

„Danke!"

Er goss einen kleinen Schwung Wasser in die Glasröhre und den Rest in den Rinnstein auf die Überbleibsel der grünen

Flüssigkeit, die sich damit aber nur noch mehr verteilte. Sue-Ann steckte ihre schöne, schwarze Orchidee in die improvisierte Vase und lächelte.

„Passt, dann kann es losgehen."

Die Schultruppe hatte sich inzwischen auch wieder in Bewegung gesetzt. Einige der Mädchen husteten. Dines Kumar sah ihnen hinterher und schüttelte den Kopf.

„Ganz ehrlich, die sollten den Mädchen mal lange Hosen anziehen. Wenn die hier von einem Laden zu anderen ziehen und die Klimaanlagen so hochgedreht sind – wie soll denn das enden? Da kann man ja nur krank werden."

So gingen Sue-Ann und Dines Kumar ganz in Ruhe hinter der Schultruppe her. Die wild durcheinander plaudernden und kichernden Mädchen nahmen fast die komplette Breite des Ganges ein und die beiden hatten keine Lust, sich durch die Gruppe zu drängeln. Sie hatten jede Menge Zeit. Nur der Astrophysiker sah einmal kurz auf seine Uhr. Es war fast 16 Uhr. Schließlich durfte er nicht zu spät zu seinem Vortrag kommen. Das Praktische daran: Seine weibliche Begleitung wollte ja sowieso dorthin. So konnten sie die ganze Zeit zusammenbleiben. Das sah auch Sue-Ann Stanstead so.

„Wissen Sie, Dines, ich bin schon so gespannt auf Ihren Vortrag nachher. Wir beide fahren einfach direkt von hier dort hin. Was halten Sie davon?"

„Und Phil Bates? Der sucht Sie doch bestimmt."

„Ach der", winkte sie ab. „Phil kommt schon allein zurecht. Der kommt sowieso zum Vortrag. Wir treffen uns einfach dort. Und sobald mein Telefon wieder funktioniert, kann ich ihn ja auch anrufen. Wer weiß, wo der sich gerade rumtreibt."

Phil Bates stand in diesem Moment direkt über ihrem Kopf. Er hatte einen Teil der Sonnenbrillen-Läden im ersten Stock auf der Suche nach Sue-Ann durchforstet und wartet jetzt darauf, dass die Soldaten-Truppe aus den anderen Geschäften zu ihm zurückkam. Ganz ehrlich gesagt war er froh über diese Unterstützung aus der Heimat. Er hatte schon mehrmals probiert, Sue-Ann per Telefon zu erreichen, aber immer noch kein Signal. Das lag wahrscheinlich an dem Laden hier. Alles Billig-Beton mit Stahlmatten und die ganzen Gitterkäfige und dieser klappernde Klimbim in den Schaufenstern machten den Empfang sicher auch nicht besser.

Jimbo war gerade um die Ecke gekommen. Hinter ihm reihten sich Sergeant Sutherland, Bob und Steven ein.

„Und, irgendwas in Sicht?" fragte der Milliardär.

„Nein, nichts. Wir waren in jedem einzelnen Geschäft."

„Verdammt, wo kann sie bloß hin sein? Immer gibt es Ärger mit dieser Frau."

In seiner Wut stampfte Phil Bates energisch mit dem Fuß auf.

Wäre die Hallendecke nicht aus massivem Beton gewesen – Sue-Ann Stanstead hätte sich bestimmt gewundert, was da von oben an Putz auf ihren Kopf runterrieselt. So aber hakte sie sich im Erdgeschoss nichtsahnend bei ihrem Begleiter ein und zeigte mit der Glasröhren-Blumenvase in der Hand zielstrebig nach vorn.

„Na kommen Sie, wir folgen einfach der Orchidee. Ich finde, sie zeigt mit ihren Blüten eindeutig auf die Aquarien da vorn. Meine Güte, was für große Fische. Die sehen wir uns mal an."

Sue-Ann Stanstead war so richtig in Bummel-Laune – und wurde damit praktisch zum „Auge des Hurricanes" im Vergleich zu allem, was jetzt kommen sollte. Während die beiden Russen verzweifelt nach der Glasphiole suchten und gleichzeitig der Countdown für die abendliche Übergabe lief, jagte Feng mit seinem Taxi auf den Huanan-Tiermarkt zu – auf dem Rücksitz zwei Virologen, denen offensichtlich ein Virus abhandengekommen war und das Feng selber bei seinem Freund Dong auf dem Tiermarkt gelassen hatte. „Großer Gott, bitte mach, dass der Metallzylinder unversehrt ist", dachte Feng die ganze Zeit bei sich, während er hupenderweise über die dreispurige Straße raste. Schlimm genug, dass Dong und er an dem Pulver gerochen hatten. Schlagartig wurde Feng bewusst, was das eigentlich wirklich hieß. Du liebe Güte. Unwillkürlich ging sein Fuß vom Gas. Er reckte den Hals und sah sich selber im Rückspiegel in die Augen. Um Gottes Willen, er hatte an dem Pulver gerochen. Was, wenn er jetzt mit wer weiß was für einer Krankheit infiziert war? Seine Augen wurden noch größer. Er sah die beiden übernervösen und leichenblassen Virologen im Spiegel an – ängstlich und gleichzeitig mit heftig aufkommender Wut. Was zum Teufel war das für ein Zeug in der Metallröhre und wie konnte man sowas bloß verlieren?

Das fragte sich der Koreaner auch. Er saß im Verfolgertaxi auf der Rückbank und feuerte seinen Fahrer an.

„Fahren Sie schneller, fahren Sie doch."

„Ich tu was ich kann, aber ich will auch kein Ticket bekommen."

„Ich bezahle das, egal wie viel. Wo fährt der andere Wagen eigentlich hin?"

Immer noch konnten sie nur das eingeblendete GPS-Signal von Fengs Wagen auf dem Bildschirm des Navis sehen. Bao hatte ihnen das Signal kurzfristig freigeschaltet. Schließlich wollte er nicht, dass sein Freund Feng Ärger bekam.

„Richtung Norden auf der Xinhua Road. Das kann alles und nichts sein. Aber wenn wir vom naheliegendsten Ziel sprechen – das könnte der Huanan-Tiermarkt sein."

„Da wollte ich heute sowieso hin. Geben Sie Gas."

Genau das tat Feng in diesem Moment auch. Sein Fuß hatte sich entschlossen wieder auf das Gaspedal gepresst. Erneut wich er einem Lkw auf der rechten Spur aus und überholte ihn viel zu schnell. Wenn hier irgendwo eine Radarfalle stand, konnte er sich für ein paar Monate von seinem Führerschein verabschieden. Virus hin oder her, krank ja oder nein – sie mussten auf jeden Fall diese Metallröhre so schnell wie möglich aus dem Tiermarkt holen, bevor noch jemand anders in Kontakt mit dem weißen Pulver kam.

Hätte Feng nur für eine Minute die Chance gehabt, die Notizen der beiden Virologen auf seinem Rücksitz zu sehen – er wäre schlagartig rechts auf die Standspur gefahren, aus dem Auto gestiegen, hätte lauthals losgejubelt und wäre im Kreis gesprungen. Denn das, worüber er sich selber so dermaßen sorgte, hatte für die beiden Wissenschaftler tatsächlich überhaupt gar keine Bedeutung.

„Ich hoffe inständig, dass das Ding noch da ist und niemand

den Transportbehälter geöffnet hat – ausgerechnet im Tiermarkt. Wer bringt denn sowas zum Tiermarkt? Wir müssen im Labor dann alles wieder so herrichten, wie es vor dem Diebstahl war – und Gnade Gott dem Koreaner", schrieb Hao gerade ihrem Kollegen.

„Ja, der Chef darf nichts merken. Dann bekommt Phil Bates auch keinen Wind davon, dass bei uns trotz Sicherheitsstufe 4 einfach etwas verschwinden konnte", schrieb Zian zurück.

Hao sah ihn eindringlich an und tippte.

„Wann feiert die Tochter unseres Chefs nochmal gleich ihren Geburtstag?"

„Ich weiß nicht genau. Ich glaube in drei Tagen."

„Wie auch immer, spätestens dann müssen wir es unbedingt zurückhaben. Wer kommt auch auf die absolut dumme Idee, ein Kaninchen als Geburtstagsgeschenk in einem Virenlabor zwischenzulagern?"

„Der Chef hat wahrscheinlich gedacht, da fällt es zwischen den ganzen anderen Versuchstieren am wenigsten auf."

„Ja, und jetzt fällt es gar nicht mehr auf, weil es weg ist. Hätte nur noch gefehlt, dass irgendjemand das Vieh für einen Test mit einem Erreger infiziert."

Zian Zhao seine Kollegin mit großen Augen an. Sie sah aus, als hätte sie gerade erst in diesem Moment richtig begriffen, was sie gerade geschrieben hatte.

„Ach Du meine Güte", sagte sie.

Ihr Kollege nickte bedeutungsschwer.

„Ganz genau. Ach Du meine Güte."

Er schlug hektisch mit der flachen Hand auf Fengs Kopfstütze.

„Fahren Sie schneller, los doch. Es geht um Leben und Tod."

Dieser Satz brachte Feng zwar nicht unbedingt dazu, dass er sich besser fühlte. Aber hätte er gewusst, dass es aktuell gar nicht mehr um sein Leben ging, dann wäre er vor Erleichterung sicherlich aus dem Sitz gerutscht. So aber bekam er einen noch größeren Schweißausbruch und umklammerte mit zitternden Händen das Lenkrad. Wenn doch bloß schon der Fazhan Boulevard und der Huanan Tiermarkt in Sicht kommen würden.

Keine fünfzehn Minuten später bremste Feng mit quietschenden Reifen vor dem Tiermarkt. Die beiden Virologen sprangen aus dem Auto. Auch Feng hielt es nicht auf dem Sitz. Neben ihm hupte ein anderer Taxifahrer.

„Hey, Du kannst hier nicht einfach stehen bleiben."

Feng rannte los.

„Das ist ein Notfall. Wir sind gleich wieder da", rief er.

Während die beiden Virologen sich in den schwärzesten Farben ausmalten, was ihrem weißen Kaninchen inzwischen alles passiert sein könnte, hoffte Feng inständig, dass Dong den Behälter nicht nochmal angerührt hatte. Er selber fühlte, wie sein Kopf heiß wurde und sein Puls in die Höhe schoss. Seine Handflächen waren schweißnass. Die ersten Anzeichen der Infektion mit dem Virus? Feng fühlte Panik in sich aufsteigen. Im Laufschritt rannten sie unter dem gewölbten Vordach durch, schossen auf die beiden großen Flügeltüren zu, rissen sie auf und stürmten in die Halle.

„Rechts rum, rechts rum", schrie Feng und wedelte hektisch mit dem Arm.

„Weg da, weg da!"

Sie drängelten und schoben sich durch die Menschenmenge im Hauptgang. Jetzt am späten Nachmittag war der Andrang im Tiermarkt besonders groß.

„Da, da vorn ist es", rief Feng, machte einen langen Hals und sprang ein paar Mal im Laufen hoch. Wo war Dong?

Dann kamen sie am Stand an. Dong stand hinter dem Tresen und machte erneut zufrieden einen Kassensturz der bisherigen Tageseinnahmen.

„Dong, Dong, wo ist es?", brüllte Feng und sprang fast über

den Tresen.

Sein Freund wich zurück und sah ihn völlig entgeistert mit großen Augen an.

„Himmel, jetzt brüll mich doch nicht so an. Was meinst Du denn?"

„Na, was ich Dir heute Mittag gegeben habe."

Dong überlegte krampfhaft, wie er wohl seinen Hals aus der Schlinge ziehen und irgendwie erklären könnte, was mit der Metallröhre geschehen war. Die beiden Virologen liefen unterdessen aufgeregt vor dem Verkaufsstand hin und her. Wo war der Käfig mit ihrem Kaninchen?

Dongs Gesicht wurde ebenso so lang wie die Gesprächspause – und je länger beides wurde, desto mehr dämmerte Feng ein furchtbarer Verdacht. Er sah seinen Freund eindringlich an.

„Du wirst doch wohl nicht …"

Dong wusste nicht, wohin er sehen sollte.

„Wo ist es, Dong?"

Die beiden Virologen standen jetzt wieder neben Feng und schrien Dong ebenfalls an.

„Wo ist es, los, sagen Sie schon!"

Dong hob mit einem tiefen Seufzer seine Schultern.

„Also gut, ich weiß nicht, wo das Probem ist und das ist doch nun auch wirklich keine große Sache. Es ist in der Suppe."

Die beiden Virologen sackten vorm Tresen förmlich in sich zuammen.

„In der Suppe?"

Feng sah seinen Freund mit einer Mischung aus Unglauben und Verzweiflung an. Das war eine Katastrophe.

„Dong, wie konntest Du nur?"

„Du liebe Güte, was ist denn jetzt so schlimm daran? Ich wollte es zuerst ja gar nicht komplett in die Suppe tun."

Beim Gedanken an ihr Kaninchen sahen die beiden Virologen jetzt völlig perplex aus

„Nicht? Was haben Sie denn stattdessen damit gemacht?"

Dong zuckte wieder mit den Schultern.

„Naja, ich habe erst nur einen Löffel genommen und wollte ihn in die Suppe tun."

„Einen Löffel?"

Die beiden Virologen sahen entsetzt vor ihrem geistigen Auge, wie Dong ihr Kaninchen massakrierte. „Löffel" – das war im Jäger-Jargon das Kaninchenohr. Feng hingegen dachte weiterhin an das Pulver in der Metallröhre, die hochansteckenden Viren und fühlte sich völlig mut- und kraftlos. Er stellte sich nur eine einzige Frage.

„Warum Dong, warum nur?"

Sein Freund sah ihn an.

„Na, es hat doch ganz lecker gerochen und ich wollte meinen Kunden mal einen neuen Geschmack bieten.“

Die Virologen fragten sich zurecht, was an einem Kaninchen lecker riechen konnte. Gleichzeitig blickten sie verzweifelt von einem Suppentopf zum anderen.

„Wo ist es denn jetzt drin?“

Dong zeigte auf den großen leeren Suppentopf im Abwaschbecken hinter ihm.

„Ich hatte erst noch überlegt, auch den zweiten Löffel zu nehmen. Aber dann habe ich gedacht, ich tue es einfach komplett in die Suppe. Es ließ sich wirklich sehr gut kochen und war ein echter Verkaufsschlager.“

Die beiden Virologen machten jetzt noch längere Hälse und Feng hatte das Gefühl, er selber würde sich im nächsten Moment auflösen. Mein Gott, das Virus war damit freigesetzt und verbreitete sich. Was für eine Katastrophe. Das konnte niemand mehr aufhalten.

„Das heißt: Es ist weg?“, fragten ao und Zian gleichzeitig.„Ja, absolut“, nickte Dong. „Mehr weg geht nicht. Es ist nicht ein Gramm davon übrig. Aber wenn es Ihnen wichtig ist, dann bezahle ich natürlich dafür. Apropos: Haben Sie vielleicht noch mehr davon? Für die Suppen ist es einfach perfekt und die weiße Farbe macht es auch sehr appetitlich."

Die beiden Virologen sahen sich fassungslos an. Sie dachten mit Grausen daran, dass im Labor jemand das Kaninchen für Versuchszwecke mit einem Virus infiziert haben könnte. Zian holte gerade tief Luft, um diesem aufgeblasenen Suppenhändler zu erklären, dass er mit seinem dummen Verhalten wahrscheinlich eine Epidemie ausgelöst hatte – da ertönte plötzlich ein lauter Schrei.

„Hey, Sie da, ja Sie da vorn mit der schlechtsitzenden Frisur, der Taxifahrer. Rühren Sie sich ja nicht vom Fleck. Wo ist meine Metallröhre?"

Es war der Koreaner aus Fengs Taxi. Er war inzwischen mit dem Verfolger-Taxi am Tiermarkt angekommen und hatte sich auf gut Glück auf die Suche nach Feng gemacht – erfolgreich. Jetzt arbeitete er sich in seinem grauen Anzug durch die Menge der Passanten und sah sehr entschlossen aus. Feng bekam große Augen und fast einen Atemstillstand. Das durfte doch alles nicht wahr sein. Wo kam der denn jetzt plötzlich her?

„Da, dass da, das ist er, nehmen Sie ihn fest", rief Feng den beiden Virologen zu und zeigte nach vorn. Seine Aktion zeigte jedoch wenig Wirkung bei seinen ohnehin schon völlig gestressten Fahrgästen.

„Da ist wer?", fragten sie völlig ratlos und folgten Fengs Finger mit ihren Blicken.

„Na, der Koreaner!"

„Wo?"

Feng presste seine Zähne zusammen. Wie konnte man denn nur so blind sein? Der Mann schob ja genau jetzt die hinterste Kundenreihe vor dem Suppenstand auseinander und war kaum mehr fünf Meter entfernt. Aber wie sollte Feng auch ahnen, dass sie von zwei völlig unterschiedlichen Koreanern sprachen?

„Na, der da, im grauen Anzug."

Dong ging hinter dem Tresen vorsichtshalber in Deckung. Hier schien sich etwas zusammenzubrauen, mit dem er besser nicht mehr zu tun hatte, als es ohnehin schon der Fall war. Schlimmstenfalls war er wegen Feng jetzt in irgend so eine staatliche Sache geraten. Der Mann und die Frau vor seinem Stand sahen in ihren schwarzen Anzügen jedenfalls sehr offiziell aus.

„Wo ist es?", brüllte der Koreaner völlig außer sich. Er hatte Feng jetzt erreicht und packte ihn mit beiden Händen an den Schultern. Was sollte er sagen? Am besten die Wahrheit.

„Es ist in der Suppe."

Der Koreaner ließ ihn schlagartig los.

„Sind Sie wahnsinnig?"

Hinter dem Tresen hob Dong die Hand mit seiner Suppenkelle.

„Äh, Verzeihung, genau genommen war ich es, der es in die Suppe getan hat."

„Wo ist die Suppe?"

„Weg, leer, alles verkauft."

Die beiden Virologen wussten nun gar nicht mehr, worum es ging. Wer war dieser Mann?

„Das ist er", zischte Feng ihnen erneut zu.

„Das ist wer?"

„Na, der Koreaner, Ihr Koreaner."

„Das ist nicht unser Koreaner."

Jetzt war es an Feng, erstaunt zu gucken.

„Nicht?"

Neben ihnen war der Koreaner kurz davor, über den Tresen zu springen.

„Geben Sie es mir zurück, sofort!"

Dong sah verzweifelt aus.

„Wie soll ich das machen? Das ganze Pulver ist weg."

Nun sahen die beiden Virologen Feng entgeistert an.

„Was für ein Pulver?"

„Na, aus der Metallröhre."

„Wie?"

Hao und Zian wurden das Gefühl nicht los, dass hier irgendetwas absolut nicht stimmte.

„Wir suchen einen Metallkäfig, aber keine Metallröhre. Da hätte es auch überhaupt nicht reingepasst."

„Was?"

„Das Kaninchen."

Der Gesichtsausdruck von Feng war filmreif.

„Was für ein Kaninchen?", fragte er.

Statt einer Antwort, bekam er fragende Blicke von den Virologen, die aber irgendwie an ihm vorbeigingen. Feng folgte
ihrem Blick. Tatsächlich gingen genau in diesem Moment Phil
Bates und die Truppe von Jimbo am Suppenstand vorbei. Bob
hustete sich die Seele aus dem Leib und Steven wusste nicht
wohin mit seinem vollgeschnaubten Taschentuch. Er warf es
zusammengeknüllt achtlos zu Seite. Der kleine Tumult am
Suppenstand war ihnen offenbar entgangen. Sie waren immer
noch darauf konzentriert, Sue-Ann Stanstead zu finden. Die
beiden Virologen steckten ihre Köpfe zusammen.

„Was will der denn hier?"

„Ja, und dann noch mit US-Militär?"

„Meinst Du, die wissen schon von dem Vorfall im Labor?"

Feng hatte zwar wegen der Grund-Lautstärke im Tiermarkt kein Wort verstanden, konnte sich aber denken, worüber die Virologen sprachen. Immerhin war er genauso erstaunt, Phil Bates hier im Huanan-Tiermarkt mit Soldaten-Begleitung zu sehen. Jetzt schienen das Thema und der Tag komplett aus dem Ruder zu laufen. Aber wenn ohnehin schon alle hier rundherum krank waren, war das auch egal. Feng fühlte Panik in sich aufsteigen.

„Ich werde Sie verklagen, dass Ihnen Hören und Sehen vergeht", tönte plötzlich der Koreaner dazwischen und riss Feng aus seinen Gedanken. „Und geben Sie mir gefälligst meine Metallröhre zurück. Oder ist die auch noch weg, Sie Dieb?"

Auch die beiden Virologen waren schlagartig wieder zurück im Geschehen. Sie klopften dem Koreaner von hinten auf die Schulter.

„Entschuldigen Sie, wer sind Sie denn eigentlich und wo ist unser Kaninchen?"

Der Mann drehte sich aufgebracht um.

„Was für ein Kaninchen? Ich weiß nichts von einem Kaninchen. Ich habe hier nur mein Pulver verloren und das ist eine Katastrophe."

Feng nickte. Er ließ sich auf den kleinen, einzelnen Stuhl neben dem Suppenstand sinken. Da hatte der Mann wohl definitiv recht. Was für ein Tag. Dass er so enden würde, hätte Feng heute Morgen selbst nicht gedacht. Er fühlte sich erschöpft, matt und fiebrig. Wenn er sich durch das Pulver mit etwas infiziert hatte – nach Hause zu seiner Frau konnte er jetzt nicht mehr. Was sollte nun werden?

Der Einzige, der den Ernst der Lage immer noch nicht begriffen hatte, schien Dong zu sein. Er blickte leicht aufgeregt hin und her, grinste dabei immer noch wie ein Honigkuchenpferd von einem Ohr zum anderen.

„Wir wollen sofort unser Kaninchen zurück", schrien die beiden Virologen jetzt den Koreaner an. „Was soll das mit diesem Pulver? Besorgen Sie doch einfach neues, aber lassen Sie uns in Ruhe."

„Ha", seufzte der Koreaner frustriert. „Wenn das so einfach wäre. Das war der Prototyp für ein völlig neues und wirklich bahnbrechendes Eiweißpulver im Weltraum- und Ernährungsbereich. Ich habe die Substanz gerade gestern Nachmittag entwickelt, aber nur diese kleine Menge. Das ganz Labor ist heute früh mitsamt den Computern und Aufzeichnungen ausgebrannt. Die Formel ist verloren. Jetzt ist alles aus. Ich muss von vorn anfangen."

Feng schoss wie eine Rakete aus dem Stuhl. Was war das?

Was hatte er da gerade gehört? Es gab gar keinen Virus in Pulverform?

„Dann sind Sie gar kein Virologe?", rief er.

Der Koreaner schüttelte energisch den Kopf.

„Ach was, ich bin Lebensmitteltechniker. Was haben Sie denn gedacht?"

Feng fühlte eine unglaubliche Erleichterung in sich aufsteigen. Es gab keinen Virus. Er war gar nicht krank. Die ganzen Menschen hier im Tiermarkt waren auch nicht krank. Niemand war krank. Es gab auch keine neue Epidemie. Er atmete tief durch, spürte wie seine Gesichtsmuskeln zuckten – und fing lauthals an zu lachen. Er lachte so befreit, dass er gar nicht mehr aufhören konnte.

„Sind Sie verrückt? Hören Sie gefälligst auf", blaffte Dr. Zhao ihn von der Seite an. „Hier gibt es überhaupt nichts zu lachen. Unser Kaninchen ist immer noch verschwunden."

Dass er dabei an die eventuellen Viren in der Blutbahn des Tieres dachte, erwähnte er natürlich nicht. Doch die Schweißperlen auf seiner Stirn kamen nicht von der drückenden Hitze in der Markthalle. Seine Kollegin zog ihn am Arm zur Seite.

„Komm, wir folgen Phil Bates und den Soldaten. Wir dürfen ihn nicht aus den Augen verlieren. Vielleicht hat er sogar was mit dem Vorfall im Labor zu tun. Wer weiß, wo die jetzt hinwollen."

„Ich weiß das."

Die beiden Virologen drehten sich erstaunt um. Hinter dem Tresen des Suppenstands stand Dong und hielt einen der Handzettel des Inders in die Höhe. „Die Amerikaner wollen nachher hier hin. Ich habe das gehört, als sie ihre Suppe gegessen haben."

Dr. Wang riss ihm das Flugblatt aus der Hand.

„Viren aus dem Weltall. So ein Quatsch. Aber völlig egal. Da gehen wir auf jeden Fall auch hin. Komm, Zian."

Die beiden drehten sich abrupt um und marschierten wortlos weg. Zurück blieben ein desillusionierter Koreaner, ein erleichterter Feng und ein verwirrter Dong. Bekam er jetzt für die nächste Suppenkreation noch mehr von dem Pulver oder einfach nur ein Kaninchen?

***

Feng war das alles ganz egal. Er war überglücklich. Eiweißpulver. Es war einfach nur Eiweißpulver in der Metallröhre gewesen. Er strahlte Dong an und schlug ihm mit Schwung auf die Schulter.

„Ha, ist das nicht prima, mein Freund? Hier ist überhaupt gar keiner krank. Da war gar kein Virus in der Röhre drin."

Dong blickte Feng verständnislos an und legte die Suppenkelle zu Seite. Vor dem Stand gingen drei Männer entlang. Einer nieste. Zwei husteten.

„Was für ein Virus?"

Feng winkte ab. Bis er seinem Freund das alles erklärt hatte, wäre es Abend. Außerdem gab in dem Moment sein Telefon ein leises Piepen von sich. Feng sah auf das Display. Das Netz war wieder voll da – und schon klingelte es.

„Bao!"

„Feng, wo bist Du denn? Hier in der Zentrale suchen Dich alle schon."

„Bao, das wirst Du mir kaum glauben. Das Telefonnetz war abgeschaltet. Ich konnte Dich nicht anrufen. Und dann musste ich schlagartig mit meinen Fahrgästen zum Huanan-Tiermarkt. Da bin ich jetzt immer noch."

In seinem Telefon gab es ein Geräusch. Es klopfte jemand an und versuchte ihn ebenfalls zu erreichen. Er sah aufs Display.

„Bao, ich muss kurz auflegen. Da ist Lan dran. Die macht sich bestimmt schon Sorgen, weil ich mich gar nicht mehr gemeldet habe"

„Ist gut, bis gleich."

Feng nahm den Anruf aufgeregt an.

„Lan!"

„Ja, danke, ich weiß, dass ich Dich angerufen habe. Kannst Du nachher noch ein bisschen Salat mitbringen? Ich war vorhin auf dem Huanan-Tiermarkt und habe uns für heute Abend etwas Leckeres zu essen gekauft."

Seine Frau hatte wirklich ein besonderes Talent dafür, ihn auf den Boden der Tatsachen zurückzuholen. Feng seufzte.

„Hast Du mich denn gar nicht vermisst oder Dir Sorgen gemacht?"

„Wieso, war irgendwas?"

Lan dachte schon längst nicht mehr an die Virengeschichten, von denen Feng heute Morgen erzählt hatte. Für sie entsprang das alles seiner James-Bond-Phantasie. Feng seufzte erneut.

„Naja, abgesehen davon, dass ich vier verdächtige US-Soldaten, zwei russische Agenten mit einer merkwürdigen grünen Flüssigkeit, zwei übernervöse Virologen und einen kampfstoffverdächtigen Koreaner gefahren habe, ist alles gut. Ach ja - und dass wir gerade hier bei Dong geklärt haben, dass er nicht die halbe Stadt mit seiner Suppe und einem Viruspulver in den Tod geschickt hat."

Am anderen Ende war Stille, aber nur kurz.

„Wieso bist Du bei Dong? Hast Du meine Frühlingsrollen etwa schon wieder nicht gegessen?"

Jetzt wurde Feng wirklich ungehalten. Er spürte, wie er wütend wurde. Das war einfach zu viel für diesen ohnehin schon schwierigen Tag.

„Frühlingsrollen? Es geht hier um weitaus mehr als um Frühlingsrollen. Es geht hier um ..."

Gerade wollte Feng mit Schwung zu einer Erklärung ausholen, als ihm die Worte im Hals steckenblieben. Gegenüber stand plötzlich einer dieser Russen mit seinem komischen schwarzen Hut inmitten der Marktbesucher – und der andere kroch nur ein paar Meter weiter auf allen Vieren über den Betonfußboden.

„Ich ruf Dich wieder an", sagte Feng, legte auf und ging selber in die Knie, um die Szene besser beobachten zu können. Mein Gott, die Russen. Was zum Teufel taten die da? Feng war beunruhigt.

„Wladimir, hast Du was gefunden", rief Juri in diesem Moment.

Sein Kollege war es inzwischen reichlich leid, bei jedem Aufblitzen irgendeines glitzernden Papiers in Richtung Fußboden zu verschwinden. Es war offensichtlich, dass sie die Phiole mit der grünen Flüssigkeit nicht wiederfinden würden. Sie war einfach weg.

„Nein, das war ein Kaugummi-Papier."

„Und da, was ist das da?", zeigte Juri ein Stückchen weiter links neben dem Stand mit den Aquarien und Muscheln.

Wladimir kam wieder auf die Beine, kniff die Augen zusammen, ging ein paar Schritte nach vorn.

„Das, das ist …".

Er ging in die Hocke.

„Oh, mein Gott …"

„Was?", rief Juri. „Was?" Er setzte sich aufgeregt in Bewegung. Wladimir griff nach vorn und hielt sein Fundstück hoch in die Luft. Juri blieb sofort stehen – und fast auch sein Atem. Er hustete so abrupt und laut, dass die vorbeigehenden Chinesen vorsichtshalber einen großen Bogen machten und ihn misstrauisch ansahen. Juri beugte sich vornüber. Er rang keuchend nach Luft und sah zu Wladimir.

„Oh verdammt, die Phiole ist offen."

Wladimir starrte auf den dicken, goldenen Verschluss in seiner Hand – und schlagartig wurde ihm alles klar. Der Moment, als er und Juri vorhin diese übertrieben blonde und übertrieben laute Frau gesehen hatten. Wahrscheinlich eine Amerikanerin. Sie war ihnen entgegengekommen, am Arm irgendeinen Inder mit einem Turban auf dem Kopf. Als sie wie in Zeitlupe laut lachend an ihnen vorbeigegangen war, den Kopf theatralisch in den Nacken geworfen. In der rechten Hand eine Blume, die überhaupt nicht zu ihr passte. Eine Orchidee, meinte Wladimir. Und als sein Blick an den schwarzen Blüten nach unten bis zu ihren Fingern rutschte, war es für einen winzigen Moment in seinem Kopf aufgeblitzt, dieses Bild, dieser Eindruck. Wenn es nicht so völlig absurd gewesen wäre, er hätte es schwören können: Die Vase dieser schwarzen Orchidee sah aus wie die Glasphiole. Jetzt war es für Wladimir Gewissheit. Es musste die Phiole gewesen sein. Juri hatte davon wahrscheinlich gar nichts mitbekommen. Er war so sehr mit der verschwundenen Phiole und der bevorstehenden Übergabe beschäftigt.

Tatsächlich hatte Sue-Ann Stanstead den dicken Deckel des Glasbehälters noch eine Zeit lang mit sich herumgetragen, während sie mit dem Inder durch den Tiermarkt schlenderte. Hier vor dem Suppenstand hatte sie ihn dann achtlos zur Seite geworfen. Was sollte sie auch mit dem blöden Ding?

„Sie ist nicht da. Sie ist weg. Die Phiole ist weg", rief Wladimir, der aus seinen Gedanken aufwachte. Juri bekam wieder Luft und richtete sich auf. Bis zuletzt hatte er gehofft, dass sie die Glasröhre zurückbekommen würden. Jetzt war klar: Die grüne Flüssigkeit war mit Sicherheit verloren – und garantiert genau hier im Tiermarkt irgendwo ausgelaufen.

„Nichts wie weg hier", rief Juri. Er winkte Wladimir hektisch zu. „Wir müssen sofort weg." In seinem Kopf lief alles durcheinander. Die Phiole war verschwunden. Und der Countdown für die Übergabe lief. Sie waren mit Sicherheit jetzt schon zu spät. Was sollte er tun? Sie würden trotzdem zur Übergabe fahren. Wie würde er sonst vor Nadja dastehen?

Wladimir hielt immer noch den goldenen Deckel in der Hand. Rund um ihn herum strömten die Leute vorbei – zumeist Chinesen. Er blickte von einem zum anderen. Fast schien es so, als wollte er den Leuten etwas sagen. Doch dann traf sein Blick auf die Augen von Feng vor dem Suppenstand. Er erkannte den Taxifahrer von heute Morgen sofort. Und Feng erkannte den goldenen Verschluss in der Hand von Wladimir.

Fengs fragender Blick sagte alles in einer einzigen Sekunde. Und das wortlose, fast nicht wahrnehmbare Nicken des Russen bestätigte offenbar seine schlimmsten Befürchtungen. Das war der Deckel der Glasphiole, der Behälter war weg und die mysteriöse grüne Flüssigkeit war es auch. So erleichtert, wie Feng sich eben noch gefühlt hatte, sackte ihm jetzt umso mehr das Herz in die Hose. Zumal Wladimir wie auf Kommando den goldenen Deckel zur Seite warf und mit langen Schritten auf Juri zuschoss. Er packte ihn am Arm, zog ihn entschlossen mit sich in Richtung des Haupt-Ausgangs.

Feng blickte ihnen fassungslos hinterher und fasste sich an

die Stirn. Sie schien jetzt noch heißer zu sein als vorher. Um Gottes Willen, die Russen. Die hatte er eigentlich schon aus seinem Gedächtnis gestrichen. Jetzt waren sie plötzlich wieder da und das Bild dieser gruseligen Glasröhre auch. Was immer da auch drin gewesen war – es war offenbar nichts Gutes und jetzt hier in der Luft des Tiermarktes. Schließlich hatte er gerade eben den Verschluss der Röhre gesehen und die beiden Russen waren gelaufen, als ob der Teufel hinter ihnen her wäre.

Das durfte doch nicht wahr sein. Hörte das denn heute überhaupt nicht auf? Was sollte er denn jetzt tun? Die Behörden alarmieren? Nein, auf keinen Fall. Er wollte da nicht mit reingezogen werden. Aber wenn die beiden Russen es schon so eilig hatten, hier rauszukommen, dann sollte er auch sehen, dass er schnellstens an die frische Luft kam. Ganz offensichtlich hatten die beiden Anzugträger die Kontrolle über das verloren, was sie die ganze Zeit mit sich rumgeschleppt hatten. Und der Husten des Russen war auch nicht gerade besser geworden. Der Mann wirkte wie eine Virenfabrik auf zwei Beinen.

Feng drehte sich mit großen Augen um. Hinter ihm stand Dong am Tresen. Selbst er bekam langsam das Gefühl, dass hier irgendwas ganz und gar nicht stimmte.

„Feng, was passiert hier?"

Bevor Feng dazu kam zu antworten, dröhnte ein überlautes Gong-Geräusch durch die Luft. Es war schon wieder sein Telefon. Feng hob es ans Ohr, wandte sich ab und rief noch im Weglaufen:

„Dong, mach einfach, dass Du hier schnellstens rauskommst, hörst Du? Hau sofort ab!"

Das ließ Dong sich nicht zweimal sagen. Immerhin war Feng sein bester Freund – und außerdem war die gesamte Suppe für heute sowieso verkauft. Dong riss sich die leicht schmuddelige Schürze runter, warf sie zusammengeknüllt in die Ecke. Seine beiden Mitarbeiter sahen ihn über das Abwaschbecken fragend an. Einer hob den Kopf und nieste lautstark.

„Los, los, ihr habt Feng gehört. Schluss für heute. Geht nach Hause. Und lasst alles liegen. Den Rest machen wir morgen. Los, los, ab jetzt."

Dong fuchtelte wild mit den Händen. Jetzt nieste auch der zweite Abwäscher. Nicht, dass seine Arbeiter noch krank wurden. Und irgendwie hatte Feng ihm mit seinen paar Worten richtig Angst gemacht. Vielleicht gab es eine Bombendrohung? Feng war inzwischen mit riesigen Schritten auf dem Weg zum

Ausgang. Am Telefon hatte er Bao aus der Zentrale.

„Feng, was ist denn los bei Euch? Mal gehst Du ans Telefon, dann legst Du wieder auf, jetzt bist Du wieder dran … leg jetzt nicht auf, hörst Du?"

Bao war heilfroh, dass er seinen Fahrer endlich erwischt hatte, nachdem das Telefonnetz so lange ausgefallen war.

„Das glaubst Du alles nicht, Bao. Ich erzähl Dir alles nachher, wenn ich mit der Schicht aufhöre. Ich denke aber, dass ich die nächsten Tage nicht in die Zentrale kommen kann."

„Wieso, bist Du krank?"

Bao ahnte nicht, wie sehr er mit seiner Vermutung den Nagel auf den Kopf getroffen hatte. Feng wusste gerade selber nicht, wie ihm eigentlich zumute war. Er musste unbedingt herausbekommen, was die beiden Russen für ein Zeug in ihrer Glasröhre gehabt hatten. Er lief jetzt aus dem Ausgang, sah nach links und rechts. Keine Spur der beiden Anzugträger. Auf der Straße fuhren einige Taxen an der grünen Ampel los. Die beiden Russen konnten in jedem davon sitzen. Aussichtslos.

„Nein, nein, keine Sorge", beschwichtigte Feng seinen Kollegen am Telefon. „Ich habe wohl nur etwas viel von Dongs Suppe gegessen."

„Du bist noch am Tiermarkt?"

„Ja, wieso?"

„Das ist gut. Ich hatte gerade einen Anruf von fünf Fahrgästen. Die wollen zu irgendeinem Vortrag ins Convention Center. Meinst Du, Du kriegst die ausnahmsweise mit? Ich sage es auch nicht weiter. Nach dem Telefonausfall können wir heute jede zusätzliche Tour gebrauchen."

Feng nickte.

„Das kannst Du aber laut sagen. Ja, kein Problem, das ist ja nicht weit. Wo sind die denn?"

„An der Ecke Xinhua Road/Fahzan Boulevard."

Na, wenn das nicht passte. Das war nur ein paar Meter vom Haupteingang des Huanan-Tiermarktes entfernt – und genau hier hatte Feng vorhin sein Taxi abgestellt, das jetzt direkt vor ihm stand.

„Hey, Du hast gesagt, Du kommst gleich wieder. Du darfst hier nicht halten", wurde er prompt von dem Kollegen angemault, der ihn vorhin schon angesprochen hatte.

„Bin ja schon wieder da. Hast Du vielleicht zwei Leute in schwarzen Anzügen gesehen, die hier rausgekommen sind?"

Der Mann lachte.

„Men in Black? Hier in Wuhan? Nein, nicht das ich wüsste. Aber die da vorn passen optisch auch nicht gerade in die Stadt."

Feng drehte sich um – und zuckte vor Überraschung zusammen. Er konnte sein Glück kaum fassen. Da kamen doch glatt

Phil Bates und die vier Soldaten auf ihn zu. Jetzt hatte er die Chance, doch noch zu erfahren, was hier wirklich gespielt wurde. Der Milliardär erkannte ihn sofort.

„Ah, da sind Sie ja wieder, guter Mann. Ich habe sie vorhin nicht auf dem Telefon erreicht, aber jetzt gerade Ihre Zentrale. Sind Sie unser Fahrer?"

Feng war das schlechte Gewissen in Person. Immerhin hatte er versprochen, auf Sue-Ann Stanstead aufzupassen. Schlimmstenfalls war die Frau aber jetzt noch im Tiermarkt und atmete das ein, was die Russen dort freigesetzt hatten.

„Ja, bin ich. Aber was ist denn mit Ihrer Begleitung? Haben Sie die Frau wiedergefunden?", fragt er scheinheilig. Zu seiner Erleichterung nickte Bates.

„Ja, die war hier im Markt mit dem Inder unterwegs, der gleich seinen Vortrag hält. Da werden wir sie treffen. Erstaunlich, oder? Und dort fahren Sie uns jetzt bitte auch hin: zum Convention Center. Kriegen Sie uns denn alle mit?"

Phil Bates sah fragend auf das Taxi. Feng hingegen nickte begeistert. So ein Glück, auch die Frau war wieder da.

„Auf jeden Fall. Sie können sogar noch ein Schwein mit reinnehmen, wenn Sie wollen."

„Ein Schwein?"

Seine Fahrgäste sahen ihn etwas irritiert an.

„Was für ein Schwein?"

Irgendwie hatte Feng bei seinem Scherz wohl automatisch an das Gedränge im Taxi mit den fünf Schweinezüchtern heute Morgen gedacht. Er lachte verlegen. „Ach, ich hatte heute schon mit so vielen Tieren zu tun. Entschuldigen Sie bitte. Sie könnten genauso gut auch ein Kaninchen mitnehmen."

Jetzt war es an Phil Bates, extrem irritiert zu gucken. Die Falte auf seiner Stirn hätte tiefer nicht sein können. Er musterte Feng misstrauisch.

„Wie kommen Sie ausgerechnet auf Kaninchen?"

„Ach, das ist eine lange Geschichte. Vielleicht erzähle ich sie während der Fahrt. Steigen Sie doch bitte ein."

Hätte Feng gewusst, dass die Kurzversion seiner Geschichte genau eine Hausecke entfernt stand und das Ganze beobachtete, wäre er wohl nicht so ruhig geblieben. Die beiden Virologen verfolgten Phil Bates und seine Truppe. Sie wurden das Gefühl nicht los, das hier etwas Merkwürdigen vor sich ging. Wieso war der Mann plötzlich mit Militär unterwegs und warum war er ausgerechnet im Tiermarkt, wo sie ihr verschwundenes Kaninchen vermutet hatten? Und was sollte das mit diesem Vortrag über Viren aus dem Weltall? Das war doch bestimmt nur die Tarnung für ein Treffen mit weiteren Interessenten für seinen Großauftrag – oder vielleicht sogar mit dem Dieb des Labor-Kaninchens.

Feng lud inzwischen seine fünf Fahrgäste ein. Phil Bates bestand darauf, vorn zu sitzen.

„Keine Frage, Sir", hatte Jimbo noch gesagt. Immerhin hatten zwei seiner Leute eine mächtige Erkältung und auch Sergeant Sutherland hatte sich jetzt offenbar eine Bronchitis eingefangen. Er saß auf dem Rücksitz und bog sich mit röhrendem Husten ordentlich durch.

„Ich will mir doch nicht die Pest an den Hals holen", meinte Phil Bates.

Feng hatte er mit dieser Aussage nicht gerade eine Freude gemacht. Immerhin waren die Fünf ja auch im Tiermarkt unterwegs gewesen – und jetzt sahen sie zunehmend wie ein mobiles Virenlager aus. Kaum hatte Feng die Fahrertür zugeschlagen, stürzten die beiden Virologen zum nächsten wartenden Taxi hinter ihm. Es war der maulige Fahrer von vorhin.

„Los, folgen Sie dem Wagen dort."

Der Mann drehte sich im Fahrersitz um und musterte die beiden Virologen von oben bis unten.

„Sie sind jetzt aber nicht etwa die Men in Black?"

Hao Wang und Zian Zhao sahen erst sich verständnislos an, dann den Fahrer.

„Was?"

„Ach, vergessen Sie es einfach. War wohl sowieso nur ein Scherz."

Er gab Gas.

„Aber wir bleiben an dem Typen dran. Versprochen."

Zumindest diese Aussage beruhigte die beiden Virologen für den Moment. Sie dachten immer noch an das Kaninchen und das irgendjemand im Labor dem Tier irgendwelche Viren gespritzt haben könnte. Immerhin lagerten sie dort hochansteckende Sachen wie Ebola, Pocken oder Corona-Viren. Und wenn jetzt jemand in Kontakt mit dem Kaninchen kam, konnte das eine wirkliche Katastrophe auslösen.

***

So kam es, dass sich mit einem Mal jede Menge Leute gleichzeitig auf das Convention Center am Zongshan Park zubewegten. Alle waren irgendwie miteinander verbunden – aber wussten nichts davon. Feng war mit Phil Bates und den Soldaten unterwegs. Verfolgt wurden sie von den Virologen Wang und Zhao, die beide auf ein Wiedersehen mit ihrem verschwundenen Kaninchen hofften. Der ehemalige Laborchef hatte im Tiermarkt einen Handzettel des Inders gefunden – und war mit dem Fahrrad ebenfalls auf dem Weg zum Virenvortrag. Gleichzeitig hatten die beiden Russen ein Taxi gekapert und waren auf dem Weg zur zweiten Chance für die missglückte Übergabe: eben genau im Convention Center. Hier waren Sue-Ann Stanstead und der indische Astrophysiker eben gerade angekommen.

„Na, das ist ja nicht so groß", sagte Sue-Ann. Sie sah sich im Vortragssaal um. Da waren um die 100 Sitzreihen, einfache Klappstühle mit schwarzen Sitzpolstern. Am hinteren Ende gab es ein kleines Fenster für eine Art Regie. Links und rechts davon hingen Lichttraversen mit einigen Scheinwerfern. Das meiste Licht aber war in diesem Moment auf der Bühne an.

„Was haben Sie denn erwartet?", schmunzelte der Inder.

Sie zuckte mit den Schultern.

„Naja, ich weiß nicht. Ich meine, ein Vortrag über Viren aus dem Weltall ..."

Dines Kumar ging über die Seitentreppe auf die Bühne. Er hatte im Vorfeld mit dem Mann an der Rezeption gesprochen. Der Haustechniker würde gleich kommen. Das Rednerpult war schon beleuchtet. Der gewünschte Laptop stand aufgeklappt da und rechts daneben auch das obligatorische Glas Wasser.

„Sie meinen, da könnte man mehr erwarten?"

Sue-Ann war das Ganze etwas unangenehm. Sie wünschte sich, sie hätte besser nichts gesagt und stand etwas verlegen mit ihrer Schwarzen Orchidee in der improvisierten Vase unten vor der Bühne.

„Naja, immerhin will Phil Sie ja unbedingt sehen. Ich dachte, Sie wären etwas bekannter."

Der Inder lachte. Er rückte die Lampe auf dem Pult zurecht und zog den USB-Stick mit den Bildern für seinen Vortrag aus der Innentasche seines grauen Sakkos.

„Naja, ich würde mal sagen: Qualität statt Quantität. Was jetzt keine Verbindung zur Quantenphysik herstellen soll, Sie verstehen …"

Sue-Ann lächelte etwas gequält.

„Ja, natürlich."

Tatsächlich hatte sie keine Ahnung, was der Mann meinte. So langsam konnte aber auch mal ihr eigentlicher Begleiter hier im Saal auftauchen. Wo blieb denn Phil Bates bloß? Sue-Ann setzte sich in der ersten Reihe erstmal hin und schlug die Beine übereinander. Dines Kumar hatte den Laptop zum Laufen gebracht und warf das erste Bild seines Vortrages an die weiße Wand hinter der Bühne: ein Meteorit auf dem Weg durch die Erdatmosphäre.

„Wie finden Sie es? Sieht es gut aus?"

Er drehte sich zu ihr um.

„Ja, absolut."

Der Inder konnte nicht umhin, auf ihre endlos langen Beine unter dem roten Kleid zu gucken. Noch dazu wippte Sue-Anne gerade etwas nervös mit ihrem übereinandergeschlagenen rechten Bein und dem roten Schuh auf und ab.

„Das finde ich auch", lächelte er. In diesem Moment öffnete sich hinten eine der beiden Saaltüren. Herein kam der Haustechniker.

„Alles ok?", rief er mit dem bisschen Englisch, das er konnte.

Dines Kumar hob die rechte Hand.

„Alles perfekt, danke!"

„Ok, alles ok, ok."

Der Mann nickte erleichtert und war schon wieder weg.

Der Inder wandte sich erneut Sue-Ann zu.

„Was hatten Sie gerade gesagt?"

„Äh, nichts. Sie hatten gerade was gesagt."

„Ach ja, die Quantenphysik …"

Er kam von der Bühne herunter und ging zu Sue-Ann.

„Sehen Sie, mit der Quantenphysik ist das so …"

Sue-Ann Stanstead lächelte ihren Begleiter leicht verzweifelt an. Wenn doch nur Phil Bates endlich da wäre.

Ihr Wunsch war gar nicht so weit entfernt. Der Milliardär saß recht gut gelaunt auf dem Beifahrersitz in Fengs Taxi. Immerhin hatte er heute schon ein gutes Gespräch mit den beiden Virologen gehabt, auf dem Flughafen per USB-Stick das Angebot von Global Genetics bekommen und auch seinen dritten Termin in Sachen Infektionskrankheiten in Wuhan sehr erfolgreich abgeschlossen. Direkt danach war er zum Tiermarkt gefahren, hatte zwar seine Freundin nicht wiedergefunden, aber die würde ja gleich bei der Veranstaltung sein – hatte sie zumindest vorhin am Telefon beteuert.

Zwischen den beiden Vordersitzen leuchtete auf der Mittelkonsole das Display eines Telefons auf. Gleichzeitig ertönte ein extrem lauter Gong und die goldene Katze oben auf dem Armaturenbrett winkte im Rhythmus des Gongs mit dem rechten Arm.

„Ähmmm, Entschuldigung, was soll das? Hat das irgendwas miteinander zu tun?"

Der ganze Klimbim störte Phil Bates. Feng versuchte diplomatisch zu lächeln und sah auf die Rufnummern-Anzeige.

„Oh, das ist gar nichts. Das ist nur meine Frau, die wieder anruft. Würde es Ihnen was ausmachen, ranzugehen? Wenn ich hier auf der Hauptstraße das Telefon am Ohr habe, werde ich sofort geblitzt."

Phil Bates sah ihn von der Seite an.

„Ist nicht Ihr Ernst?"

Feng lächelte noch diplomatischer.

„Doch, bitte, es könnte wichtig sein."

Sein Fahrgast seufzte einmal tief.

„Na gut, wenn es denn sein muss ..."

Phil Bates nahm das Telefon.

„Ja, Phil Bates hier."

Am anderen Ende war absolute Stille.

„Hallo, ist da jemand?"

Bates riss gleich der Geduldsfaden.

„DER Phil Bates?"

Die ungläubige und leicht angespannte Frauenstimme auf der anderen Seite ließ nicht auf einen guten Verlauf des Gespräches hoffen.

Bates seufzte erneut.

„Ja, genau der."

„Der Milliardär?"

„Ja, immer noch der."

„Warum fahren Sie mit einem Taxi?"

Lans Bedarf an mysteriösen Leuten war für heute gedeckt. Wenn sie jetzt tatsächlich diesen Amerikaner am Telefon hatte, dann war an den Geschichten von Feng vielleicht doch was dran.

„Weil ich sonst nicht wüsste, wie ich die vier Soldaten mitbekommen sollte, die hinter mir auf der Rückbank sitzen."

Das kam Lan nun doch komisch vor. Wieso waren die US-Soldaten von heute Morgen jetzt auch noch im Taxi und warum war es damit komplett überladen?

„Wo ist mein Mann?", fragte sie energisch. Phil Bates ging diese Frau aus irgendeinem Grund mächtig auf die Nerven.

„Warten Sie ... ich seh´ mal im Handschuhfach nach."

Er beugte sich vor.

„Nein, hier ist er nicht. Hier liegt nur ein Beutel mit zwei alten Frühlingsrollen."

„Was?"

Nun reichte es Lan. Nicht nur, dass ihr Mann verschwunden war – zum letzten Mal hatte sie ihn im Tiermarkt gehört – offenbar hatte er auch ihre Frühlingsrollen wirklich schon wieder nicht gegessen.

„Ich will sofort meinen Mann sprechen. Wenn alles stimmt, was Sie sagen, dann muss er neben Ihnen am Lenkrad sitzen. Sofort!"

Bates grinste breit und hielt das Telefon rüber zu Feng.

„Na los, sagen Sie schon was."

„Lan?"

„Ja."

„Ich bin es, Feng."

„Ich weiß."

„Das mit den Frühlingsrollen tut mir leid. Aber wenn Du wüsstest, was hier los ist ..."

„Was ist denn bei Dir los?"

Statt zu antworten, sah Feng verblüfft nach rechts. Da stand die Fünfer-Gruppe der Schweinezüchter auf dem Bürgersteig und winkte. Offenbar wollten sie sein Taxi anhalten. Was war denn bloß los mit denen? Sahen die denn nicht, dass der Wagen übervoll war? Und wieso irrten die immer noch durch die Stadt? Feng winkte in letzter Sekunde zurück. Er wollte wenigstens höflich sein. Dann war er auch schon an der Gruppe vorbei.

„Feng?"

Die schrille Stimme seiner Frau holte ihn zurück in die Realität. Fast hätte er das Steuer verrissen. Phil Bates reichte es jetzt. Er drückte Feng entschlossen das Telefon in die Hand und hielt stattdessen das Lenkrad lieber selber mit der linken Hand fest. Das schien sicherer zu sein als alles andere.

„Ja, Lan?"

Feng wusste langsam gar nicht mehr, wo ihm der Kopf stand. Zudem blickte er gerade in den Rückspiegel. Einer der Soldaten nieste gewaltig laut, beugte sich dabei nach vorn und gab den Blick rückwärts auf die Straße frei. Direkt hinter Feng fuhr ein Taxi. Er sah die Silhouette der Insassen deutlich im Gegenlicht. Feng hob erstaunt die Augenbrauen. Konnte das sein? Waren das etwa die beiden Virologen da auf dem Rücksitz? Sein Telefon gab ein Signal von sich. Es klopfte jemand an. Es war Bao, es war die Zentrale.

„Ich muss sofort auflegen, Lan."

„Ja, aber warte … wann kommst Du denn nach Hause? Ich habe Dir eine Überraschung auf dem Tiermarkt gekauft." Jetzt sackte Feng komplett das Herz in die Hose. Verdammt, seine Frau war ja im Tiermarkt gewesen. Aber wann? Hatte sie das Zeug eingeatmet, das die beiden Russen dort offensichtlich verbreitet hatten? Und war sie infiziert?

„Ich weiß nicht, ich weiß es noch nicht. Ich rufe Dich an. Bleib einfach, wo Du bist, ja? Ich liebe Dich und ich liebe auch Deine Frühlingsrollen. Es wird alles gut. Mach Dir keine Sorgen."

Feng legte auf. Er ließ eine verwirrte Lan am anderen Ende zurück. Wie „Bleib, wo Du bist?". Hatte sie jetzt Hausarrest oder Quarantäne? Was sollte das denn?

Feng schob die Hand von Phil Bates zur Seite. Er wollte das Lenkrad lieber für sich haben. Er stellte das Telefon auf Lautsprecher und legte seine Hand nach vorn aufs Lenkrad. So sah es wenigstens so aus, als ob er beide Hände am Lenkrad hatte.

„Bao?"

„Ja, hallo Feng. Wie geht es Dir? Was für ein Tag, oder?"

„Das kannst Du aber laut sagen."

„Hast Du die durchgeknallten Amis schon abgeliefert? Dann könntest Du mal eben eine Gruppe von Schweinezüchtern aus Ezhou aufsammeln. Die stehen an der Sanjanqiao Road/Ecke Hehuachi Road und haben angerufen. Ist auch eine Fünfer-Gruppe. Damit hast Du ja jetzt Erfahrung."

Feng presste die Lippen zusammen und sah kurz zum Beifahrersitz rüber.

„Nein, die Amerikaner sitzen noch bei mir im Taxi und ich habe den Lautsprecher an."

Stille.

Noch längere Stille.

„Öhhhh, oh, ah ja, tja, das ... äh ..."

Bao suchte nach Worten.

„Das ist aber ungünstig."

„Das kannst Du auch laut sagen und das gilt auch für die Tour mit den Schweinezüchtern. Wenn ich meine Fahrgäste gleich am Convention Center rausgelassen habe, dann reicht es mir wirklich für heute."

Bao hörte schon an der Stimme seines Freundes, dass er offenbar eine Pause brauchte.

„Ist gut, ist gut. Ich dachte ja nur ... falls Du noch eine Tour gebrauchen kannst. Erhol Dich erstmal. Ich rufe ganz einfach jemand anders an."

Bao legte auf.

Feng setzte den Blinker rechts. Da vorn war das Kongress-Zentrum.

Als sie mit dem Wagen vorfuhren, war schon Einiges los. Mehrere Taxen standen in einer langen Schlange vor dem Eingang. Von rechts und links kamen Leute und gingen auf die Glastüren des Gebäudes zu. Phil Bates war erstaunt.

„Das hätte ich jetzt aber auch nicht gedacht. Ich meine, im Westen ist der Mann ja bekannt, aber hier ... und ein Vortrag über Viren aus dem Weltall ist nun auch nicht gerade das Super-Thema."

Feng bremste langsam und brachte das Taxi am Ende der Warteschlange zum Stehen. Er lachte und schüttelte den Kopf.

„Nein, Sir, das ist nicht wegen eines Vortrages, sondern wohl eher wegen der internationalen IT-Konferenz. Die findet hier seit gestern statt."

„Aha", sagte Phil Bates knapp und legte die Hand auf den Türgriff. „Wir steigen dann einfach hier aus. Was bekommen Sie? „28 Yen, bitte. Aber wenn Sie bar bezahlen, können Sie mir das Geld auch gleich drinnen geben, gern in US-Dollar. Ich parke den Wagen und komme auch rein."

Jetzt war Phil Bates ein weiteres Mal erstaunt.

„Sie haben Interesse an IT?"

„Nein, aber an Viren. Ich habe mal Medizin studiert."

„Na dann, bis gleich. Wir sehen uns im Vortragsaal."

Hätten Phil Bates und die Soldaten einen Blick zurück auf die Straße geworfen, während sie auf das Hotel zugingen, dann wäre ihnen vielleicht das einzelne Taxi aufgefallen, dass extrem langsam vorbeifuhr. So langsam, dass schon andere Wagen dahinter laut hupten. Der Fahrer hinter dem Lenkrad war entsprechend nervös.

„Also, ich müsste dann mal wieder Gas geben."

Die beiden Virologen auf dem Rücksitz nickten ihm zu. Sie hatten genug gesehen. Der Vortrag über Viren aus dem Weltall wurde groß auf dem riesigen Bildschirm vor dem Kongress-Zentrum angekündigt. Also wollte der US-Milliardär tatsächlich dort hin. Dr. Zian Zhao sah seine Kollegin an.

„Das ist doch kein Zufall, Hao, dass Bates ausgerechnet hier hinfährt. Hier trifft sich mit Sicherheit heute Abend alles aus der Stadt, was irgendwie auch nur entfernt mit Viren zu tun hat."

Sie nickte und strich sich eine Haarsträhne aus der Stirn.

„Ja, das sehe ich genauso. Ich bin mächtig gespannt, was er mit seiner Soldateneskorte wohl dort vorhat. Ich glaube, hier kommen wir ihm auf die Schliche. Irgendwas stimmt hier absolut nicht."

Ihr Kollege gab dem Fahrer ein Handzeichen.

„Sie können uns da vorne an der nächsten Straßenecke rauslassen. Wir gehen ein Stückchen zu Fuß."

Die beiden griffen sich ihre silbernen Aktenkoffer und wollten gerade aussteigen. Da kam ihnen auf dem Bürgersteig eine Gestalt auf dem Fahrrad entgegen, die sie nur allzu gut kannten. Weiße Hose, weißes T-Shirt, roter Gürtel, rasierte Haare am Kopf und oben wie ein Vogelnest aufgestellt: Es war der ehemalige Abteilungsleiter aus ihrem Virenlabor. Zugegeben leicht aus der Puste, aber sichtbar motiviert, sein Ziel rechtzeitig zu erreichen – und das konnte nur eines sein. Hao und Zian nickten sich zu. Sie hatten es doch gleich gewusst.

Die Spannung stieg auch bei den beiden Russen. Juri und Wladimir waren praktisch die letzten, die mit dem Taxi vor dem Kongress-Zentrum eintrafen. Selbst die Schweinezüchter-Truppe hatte es geschafft, mit Baos Hilfe ein Taxi zu ergattern. Sie hatten in der Stadt eine Ankündigung des Viren-Vortrages gesehen und sich entschieden, erst morgen zu ihrem geplanten Geschäfts-Treffen zu gehen. Für heute war es ohnehin zu spät und sie hatten inzwischen auch herausgefunden, dass der Adress-Fehler im Namen lag. Die Firma hieß Global Genetics und nicht Local Genetics. Noch dazu war ein völliges Kommunikations-Chaos ausgebrochen, seit die Telefone wieder funktionierten. Das Netz war völlig überlastet.

„Gott verdammt nochmal, es ist immer besetzt. Ich kriege diesen Menschen einfach nicht ans Telefon", fluchte Juri mit hochrotem Kopf. Das konnte allerdings auch daran liegen, dass er inzwischen Fieber hatte. Wladimir versuchte ihn zu beruhigen.

„Wissen wir denn gar nicht, wie unsere Kontaktperson für die Übergabe aussieht?"

„Nein, ich weiß nur vom letzten Telefonat, dass es ein Mann sein muss. Und er hat noch gesagt: Halten Sie einfach nach einem Koreaner im grauen Anzug mit einem ungewöhnlichen Gepäckstück in der linken Hand Ausschau."

„Na, dann werden wir ihn schon finden. Wenn er uns sieht,

wird er reagieren. Und mit der Glasphiole, das wird sich auch alles regeln. Hauptsache, wir sind erstmal da."

Juri hustete ein paar Mal lauthals röhrend und rang nach Luft, anstatt zu antworten. Der chinesische Taxifahrer sah ihn im Rückspiegel mit großen Augen an. Er drückte sicherheitshalber auf Gas. Dieser hustende Russe war ihm nicht ganz geheuer. Das Convention Center war nur noch drei Kreuzungen entfernt.

Im Vortragssaal zwar inzwischen das Licht gedämmt worden. Die ersten Gäste hatten Platz genommen. Sue-Ann Stanstead saß mit ihrer schwarzen Orchidee in der ersten Reihe. Sie hatte ein paar Mal versucht, Phil Bates auf dem Telefon zu erreichen, aber war ebenfalls an den überlasteten Leitungen gescheitert. Naja, sie würde ihn schon treffen. Er hatte ja schließlich versprochen, herzukommen. Der Saal wurde voller und voller. Hinter dem Vorhang auf der Bühne stand Dines Kumar und beobachtete das Geschehen. Der Astrophysiker war mit der Publikumsresonanz hochzufrieden. In der Hand hielt er die Fernbedienung für den Laptop. Sobald er die erste Folie des Vortrages wieder scharf schaltete, würde der Saaltechniker das Licht wie besprochen ganz löschen, damit die beeindruckenden Weltall-Bilder seines Vortrages auch so richtig zur Geltung kamen.

Phil Bates und die Soldaten kamen in den Raum. Gleich hinter ihnen stürzte Feng atemlos durch die Tür. Er hatte sich extra beeilt und sein Taxi sogar im Parkverbot abgestellt, damit er die Fünfer-Gruppe noch erwischte. Immer noch hoffte Feng, irgendwas zu erfahren, was seine berechtigte Viren-Angst und den heutigen Tag doch noch in eine gute Richtung brachte.

„Wo sitzen wir?", fragte er deshalb, als ob es das Selbstverständlichste der Welt wäre. Phil Bates reckte gerade seinen Hals und versuchte Sue-Ann ausfindig zu machen. Das sollte mit ihren blonden Haaren kein Problem sein. In dem Moment drückte Dines Kumar allerdings auf die Fernbedienung. Der Saaltechniker löschte das Deckenlicht. Im Gegenlicht der Leinwand war nun fast gar nichts mehr zu sehen. Phil Bates seufzte resigniert und zeigte auf die paar leeren Sitze rechts neben sich.

„Ich denke, wir sitzen besser hier, bevor wir uns im Dunkeln noch die Knochen brechen."

Sergeant Sutherland, Bob und Steven rutschten in die Reihe. Jeder Sitzblock im Saal hatte 10 Reihen mit jeweils zehn Klappsitzen in der Breite. Jimbo schob sich mit seinen langen Beinen fluchend hinterher.

„Ich werde irgendwie das Gefühl nicht los, dass der Architekt dieses Saales ein Chinese war."

Sutherland wollte eigentlich lachen, bekam aber einen Husten-anfall. Parallel nieste der Gefreite Steven und Bob schnaubte lautstark in sein Taschentuch. Phil Bates beugte sich vor, hob die Augenbrauen und sah die Reihe entlang.

„Großer Gott, wenn Sie nicht irgendwas Ansteckendes aus Fort Detrick mitgebracht haben, dann will ich Steve Jobs hei-ßen. Bleiben Sie mir bloß von der Pelle."

Jimbo hob beruhigend die Hand.

„Na, na, ich sitze ja noch als Puffer dazwischen und Schuld an der Krankheit sind diese ständigen Klimaanlagen. Hier ist es übrigens auch nicht besser."

Tatsächlich sahen das auch die beiden Russen so, die gera-de auf der anderen Seite in den Saal kamen und etwas un-entschlossen stehen blieben. Juri schlug den Kragen seines schwarzen Sakkos hoch.

„Verflucht, ist das kalt hier. Wollen die vielleicht den Weltraum simulieren?"

Wladimir legt ihm eine Hand auf die Schulter.

„Lass uns ganz nach vorn gehen. Da ist es durch die Schein-werfer wärmer."

Juri zog sein Telefon aus der Hosentasche. Er schaltete die Taschenlampen-Funktion an.

„Aber nicht ohne Licht. Hier ist ja stockfinster. Soll wohl auch der Weltraum sein."

Die beiden gingen über den dicken Teppich den leicht ange-
schrägten Saalboden hinunter. Die Architekten hatten das
extra so angelegt, damit von jedem Platz aus eine gute Sicht
auf die Bühne war. Und nicht nur das: Sogar Jimbo auf der
anderen Seite des kleinen Saales konnte die zwei Gestalten
sehen, die mit der Handy-Taschenlampe unterwegs waren.
Die Hüte waren unverkennbar. Das waren die beiden Russen.
Er stieß seinem Sergeant mit dem Ellenbogen in die Seite.

„Sieh mal, da drüben ..."

Sutherland verschluckte sich fast.

„Du dickes Ding, das sind ja die Russen. Was machen die denn
hier?"

„Ich habe keine Ahnung, aber so langsam glaube ich wirklich,
die verfolgen uns. Zumindest machen sie aber als Platzanwei-
ser eine richtig gute Figur."

Denn die beiden Virologen hatten die Chance genutzt und sich
hinter Juri und Wladimir geklemmt, als Juri die Telefonleuchte
angeschaltet hatte. So bekamen sie wenigstens auch Licht
bei der Platzsuche. Als die beiden Russen dann an einem der
vorderen Sitzblöcke links einbogen, setzten Hao und Zian sich
einfach dazu. Sie versuchten mit langen Hälsen herauszufin-
den, wo sich vielleicht ihr ehemaliger Laborchef hingesetzt

haben könnte – und auch, wo Phil Bates war. Aber es war einfach zu dunkel im Saal.

Was sie gut sehen konnten, war der Sitzblock rechts neben ihnen. Dort saßen doch tatsächlich drei Leute aus dem Virenlabor am Huanan Tiermarkt. Kein Wunder, dass die sich das Spektakel hier mit dem Weltall-Inder nicht entgehen ließen. Einer der Männer sah jetzt rüber zu ihnen. Er nickte verhalten. Hao und Zian nickten zurück. Zwischen den beiden unterschiedlichen Laboren herrschte nicht unbedingt eine gute Stimmung. Im Hochsicherheitslabor von Hao und Zian waren alle der Meinung, dass die Fledermaus-Viren aus der Vogelgrippe-Forschung dort nicht gut aufgehoben waren. Immerhin hatte das Labor direkt neben dem Tiermarkt nur die Sicherheitsstufe Zwei. Da konnte ja wer weiß was entfleuchen.

Die Forscher dieses Labors wiederum meinten, dass ihre Kollegen aus dem Hochsicherheitslabor mit der Sicherheitsstufe Vier arrogant wären – unter anderem, weil sie finanzielle Zuschüsse aus den USA in der Corona-Forschung bekamen. Was die beiden Virologen im Halbdunkeln auch gut wahrnehmen konnten, war der Gang direkt neben ihnen – und was sie dann sahen, verschlug ihnen den Atem. Hao legt ihre Hand auf das Knie ihres Kollegen und drückte unbewusst mit aller Kraft zu. Gerade eben war ein etwas fülliger Mann im grauen Anzug an ihnen in Richtung Bühne vorbeigegangen, an der linken Hand einen paketgroßen, weißen Plastik-Behälter mit Griff.

„Der Koreaner", raunte Zian leise – aber doch so laut, dass das rechte Ohr von Juri sich förmlich in die Richtung des Virologen drehte. Hatte er gerade richtig gehört? Juri stieß Wladimir mit dem Knie an und zeigt mit dem Kinn nach vorn. Der Mann im Anzug ging noch zwei Sitzblöcke weiter bis ganz nach unten, stellte den Behälter auf dem Boden ab und setzte sich hin. Da war er, ihr Kontaktmann für die Übergabe.

In dem Moment gingen ein paar Scheinwerfer auf der Bühne an. Der Auftritt von Dines Kumar stand kurz bevor. Für einen kurzen Augenblick war der Saal heller. Feng guckte nach rechts, um sich einen Überblick zu verschaffen – und glaubte seinen Augen nicht zu trauen. Das konnte doch nicht wahr sein. Nur ein paar Sitzblöcke weiter saßen die Schweinzüchter aus Ezhou, blickten in seine Richtung und winkten ihm zu. Was zum Geier machten die denn hier? Wurde er die denn gar nicht mehr los? Er hob die Hand und grüßte zurück.

Vorne kam Bewegung auf. Der indische Astrophysiker ging

auf die Bühne. Sue-Ann Stanstead riss begeistert ihre Hand mit der schwarzen Orchidee in die Höhe. Im Licht der Scheinwerfer glänzte zwischen ihren Fingern das Glas der Phiole als Ersatz-Vase. Wladimir reckte ungläubig seinen Hals. Konnte das wirklich sein?

„Juri, guck mal schnell, da vorn, die blonde Frau. Ich habe sie schon im Tiermarkt gesehen. Sie hat was in der Hand, unten an der Blume. Das ist unsere Glasphiole, ganz sicher. Wir müssen sofort hin und sie nach dem Inhalt fragen."

Juri winkte ab. Er schüttelte seinen Kopf.

„Was weg ist, ist weg."

Natürlich war das wirklich unglücklich mit der Glasphiole. Als er seine schwere Bronchitis bekam, hatte die Küchenleitung der russischen Botschaft hier in Wuhan ihm diesen mysteriösen Trank gebraut. „Ein uraltes Rezept meiner Oma für den Notfall. Ein Teelöffel voll pro Tag reicht", hatte Irina noch gesagt und weil sie keinen anderen Behälter hatte, die dicke Sicherheitsröhre für sensible Flüssigkeitstransporte organisiert. Dann hatte sie noch irgendwas von Ingwer, Lachsöl, Zitronen, Knoblauch, saurer Milch, Pfeffer und Spinat gemurmelt. Das war auch der Grund, warum Juri sich bisher nicht so recht an den grünen Saft herangetraut hatte. Umso mehr wünschte er sich jetzt, dass er die Phiole und den Inhalt noch hätte. Seine Krankheit brach nun richtig aus. Er spürte wie seine gesamte Lunge weh tat, sein Kopf dröhnte und sein Fieber stieg. Er musste jeden Moment niesen.

Das helle Licht ging wieder aus. Der Astrophysiker stand mit seinem blauen Turban in einem Lichtspot auf der Bühne und begann seinen Vortrag.

„Das Weltall, unendliche Weiten … diesen Spruch kennt wohl fast jeder. Aber sind diese Weiten wirklich unüberbrückbar, was für Lebewesen kommen zu uns auf die Erde und vor allem wie? Darum geht es heute in meinem Vortrag „Wenn die Erde zum Wirt wird – Viren aus dem Weltall. Herzlich willkommen."

Es brandete Applaus auf. Auch Phil Bates klatschte beruhigt. Er hatte seine Freundin als sitzende Freiheitsstatue mit der Orchidee-Fackel in der ersten Reihe ebenfalls gesehen.

Zehn Minuten später hatte Dines Kumar vorne auf der Bühne zumindest schon mal für sich klargestellt, dass auch der Mensch aus dem Weltall stammen könnte – von Aminosäuren, die mit Meteoriten hier auf dem Planeten eingeschlagen sind. Die beiden Virologen überlegten, wann sie den Koreaner zur Rede stellen wollten und ob es wirklich sein konnte, dass er sich hier beim Vortrag mit Phil Bates verabredet hatte. Die beiden Russen wiederrum hatten keine Ahnung, was ihre Sitznachbarn mit dem Koreaner vorhatten und damit drauf und dran waren, ihnen die geplante Übergabe zu zerschießen.

In Sitzblock 10 merkte der US-Soldat Bob inzwischen deutlich, dass sein Kopf immer heißer wurde. Er wünschte sich nichts mehr, als ein paar anständige Grippetabletten und dass sie allesamt möglichst bald in ihr Hotel gehen würden. Er war so unglaublich müde und konnte seine Augen kaum mehr offenhalten. Vielleicht merkte es im Dunkeln keiner, wenn er sich kurz hinlegte? Immerhin waren neben ihm fünf Sitze frei. Wenn er die runterklappte, ergab das sicher eine schöne Liegefläche.

Bob konnte dem Gedanken irgendwie nicht widerstehen. Die Worte des Inders vorn auf der Bühne prallten ohnehin an seinem dröhnenden Kopf ab. Er sah nach rechts auf die verlockenden Klappsitze. In dem Moment gab es unten auf dem Boden vor den Sitzen eine Bewegung. Bob beugte sich vor, um besser sehen zu können – und fiel vor Überraschung fast ganz nach vorn aus dem Sitz. Er rieb sich seine müden Augen. Das konnte doch nicht wahr sein. Direkt neben ihm, nicht mal zwei Meter von seinen Füßen entfernt, saß ein weißes Kaninchen auf dem Teppichboden. Bob schloss seine Augen und machte sie ungläubig wieder auf. Das Kaninchen war immer noch da. In seiner Not stieß er seinen Nachbarn an.

„Steven, Du Steven, das glaubst Du nicht …"

„Pssssscht", machte sein Vorgesetzter Jimbo zwei Stühle weiter. „Ruhe da."

„Aber …"

„Nichts aber, jetzt wird zugehört, Bob. Ist das klar?"

„Aber da sitzt ein weißes Kaninchen auf dem Fußboden."

Jetzt beugten sich auch Jimbo, Sutherland und Steven vor. Bob hob die Hand und drehte sich wieder nach rechts um.

„Seht ihr, da …"

Er zögerte. Seine drei Kameraden vervollständigten den Satz.

„… ist nichts."

Das Kaninchen war verschwunden.

„Aber ich schwöre Euch …"

„Vielleicht war doch was Komisches in der Suppe", flachste Steven. „Kaninchen, von wegen."

Bob zog trotzig die Schultern hoch und ließ sich wortlos im Sitz runtergleiten. Er wusste doch, was er gesehen hatte.

Während die beiden Russen auf ein Zeichen vom Koreaner für die Übergabe warteten, waren die beiden Virologen kurz davor, ihren Kollegen noch während der laufenden Veranstaltung zur Rede stellen. Was dazwischen kam, waren genau zwei

Dinge: In der ersten Reihe stand jemand auf, ging geduckt vor der Bühne entlang und kam genau in Richtung des Koreaners. Selbst im Halbdunkeln war im Gegenlicht der Bühnenbeleuchtung eines deutlich zu erkennen: die Frisur. Hao und Zian stießen sich gegenseitig mit dem Ellenbogen an. Eindeutig, das war ihr ehemaliger Abteilungsleiter. Wo wollte der hin?

Und dann passierte noch etwas: Bob brannten die ohnehin schon angeschlagenen Nerven durch. Er hatte es sich gerade in seinem Sitz so richtig bequem gemacht und war kurz eingenickt. Dass der Inder ausgerechnet jetzt den lautstarken Einschlag eines Meteors in seinem Vortrag simulieren musste, war das abrupte Ende von Bobs Ausflug ins Traumland. Er schreckte hoch, schmatzte zweimal, wusste für einen Moment nicht, wo er überhaupt war, drehte den Kopf nach links, drehte den Kopf nach rechts und ... da ... da war es wieder.

Bob riss seine Augen auf. Eindeutig, das war doch keine Halluzination. Da saß es wieder, direkt neben ihm und sah ihn dieses Mal auch noch an: das weiße Kaninchen.

„Steven", flüsterte Bob in Richtung seines Kameraden. Auf gar keinen Fall wollte er das Kaninchen erschrecken und damit vielleicht verjagen.

„Steven ..."

„Was ist denn?"

Sein Kumpel blickte stur geradeaus auf die Bühne. So langsam hatte er aber wirklich genug von Bob. Und genauso ging es Jimbo.

„Ist da jetzt mal Ruhe?" blaffte er. „Sonst fliegt ihr hier raus."

„Aber das Kaninchen ist wieder da."

Bob fühlte sich äußerst ungerecht behandelt und drehte sich im Reflex zu seinem Vorgesetzten.

„So, wo denn?"

Jimbo, Sutherland und Steven beugten sich gleichzeitig vor.

„Na, da!"

Siegessicher wandte Bob sich auch nach rechts und da war: Nichts.

„Gott verdammt, da war ein Kaninchen", rief er laut und sprang auf. „Wenn ich es Euch doch sage: Da saß gerade eben noch ein großes weißes Kaninchen."

Als das passierte, drehte sich nicht nur der halbe Saal um. Das Stichwort „Kaninchen" hatte wesentlich größere Folgen. Juri und Wladimir sahen sich fragend an und sagten nur ein Wort.

„Kaninchen?"

Die beiden Virologen wiederrum sahen die beiden Russen an. Was hatten die denn mit einem Kaninchen zu tun? Und der

Koreaner beugte sich kurz nach vorn, um sofort blitzartig wieder nach oben zu kommen. Wo war sein Kaninchen? Die Tür des tragbaren Stalles war offen und der Behälter war leer. Er musste den Riegel nicht richtig verschlossen haben. Er sprang aus seinem Sitz auf, lief den Gang zwischen den Sitzblöcken nach oben – und wurde prompt gestoppt. Zia und Hao stellten sich ihm in den Weg.

„Du hast also das Kaninchen aus dem Labor gestohlen, Kwon. Wieso?"

Der Koreaner wurde leichenblass. Bevor er allerdings dazu kam, irgendwas zu sagen, schossen die beiden Russen auch noch aus der Sitzreihe hervor.

„Wo ist unser Kaninchen?"

Die beiden Virologen sahen die Russen verständnislos an.

„Ihr Kaninchen. Wieso ihr Kaninchen? Das ist unser Kaninchen."

Auf der Bühne bemühte sich der Inder, die offensichtliche Störung seines Vortrages möglichst zu ignorieren.

„Na, wir haben es gekauft", sagten Juri und Wladimir wie aus einem Mund. Die beiden Virologen sahen ihre schlimmsten Befürchtungen bestätigt. Zwei Russen im Agenten-Look, ein Kaninchen aus einem Virenlabor – mit Sicherheit hatte der Koreaner irgendwelche Viren in das Tier injiziert und es als

Transportmedium benutzt.

„Wieso gekauft?"

„Es ist ein Geburtstaggeschenk für meine Tochter. Sie heißt Nadja und wird zwölf", sagte Juri.

Die beiden Virologen schüttelten energisch die Köpfe.

„Nein, falsch. Dieses Kaninchen ist ein Geburtstagsgeschenk für die Tochter unseres Chefs und sie wird 13."

Das kam Juri jetzt doch merkwürdig vor.

„Wer sind Sie beide denn eigentlich?"

„Wir arbeiten im Hochsicherheitslabor der Stadt Wuhan."

„Aha, und haben Sie auch auf die Annonce geantwortet?"

„Was für eine Annonce?"

Der Koreaner sah verzweifelt von einem zum anderen. Er schluckte ein paar Mal. Dann brach es aus ihm hervor. Offensichtlich war er ohnehin aufgeflogen.

„Bitte, ich brauche das Geld als Nebenverdienst, verratet mich nicht. Das ist auch nicht das erste Mal. Ich habe auch schon Ratten, Mäuse und Affen mitgenommen. Nie hat jemand was gemerkt. Die Tiere fehlen doch gar nicht wirklich im Labor. Wir haben so viele, bitte."

In diesem Moment hoppelte zwischen Sitzblock fünf und sechs das Kaninchen vorbei. Die beiden Russen sahen sich an.

„Juri …"

„Wladimir …"

Dann sprangen sie nach vorn, packten im Laufen entschlossen das Kaninchen am Nacken und rannten was das Zeug hielt auf den Ausgang zu. An den beiden Schwingtüren erschienen zwei Sicherheitsbeamte. Wladimir und Juri änderten hustend die Richtung und liefen zwischen den Sitzblöcken durch nach rechts an den Amerikanern vorbei. Die US-Delegation hatte zusammen mit Feng das Geschehen verfolgt. Bob stand immer noch mit rotem Kopf da und zeigte auf den leeren Teppichboden neben seinem Platz. Als die beiden Russen mit dem Kaninchen auf dem Arm an ihm vorbeiliefen, setzt er sich aufatmend hin. Er sah seine Kameraden triumphierend an.

„Seht ihr …"

Der Koreaner hatte seine Kollegen zur Seite gestoßen und lief „Halt" brüllend hinter den Russen her. Die beiden Virologen rappelten sich auf und rannten hinter dem Koreaner her. Auf der Bühne hörte der Inder auf zu reden und sah Sue-Ann Stanstead schulterzuckend an. Als Phil Bates die beiden Russen mit dem Kaninchen und den Virologen zusammen sah, sprang er ebenfalls auf und rannte allen hinterher. Hier stimmte doch irgendwas nicht und er wollte wissen, was das war.

Die vier US-Soldaten sahen sich in der Pflicht, ihren Landsmann zu schützen und stürzten nach dem Kommando von Jimbo „Mir nach" der gesamten Gruppe hinterher. Die Schweinezüchter hatten ihre Telefone gezückt und machten fleißig Videos. Sie hatten Phil Bates erkannt, der ihnen 2018 bei der Schweinepest mit einem Impfstoff aushelfen wollte. Unten rechts kam der ehemalige Labor-Abteilungsleiter durch die Seitentür von der Toilette zurück und stand nur für zwei, drei Sekunden in dem Chaos. Dann griff er mit beiden Händen in seine Umhängetasche und warf mit Schwung brüllend eine wahre Wolke an Flugblättern in die Luft.

„Die Erneuerung kommt von außen!"

Auf der Bühne legte Dines Kumar resignierend das Mikrofon zur Seite und sah gerade noch, wie das Saal-Licht anging und der Sektenanhänger vom Sicherheitsdienst zu Boden geworfen wurde. Feng hatte das gesamte Szenario von seinem Platz aus verfolgt. Jetzt stand er kopfschüttelnd auf, seufzte einmal tief und ging ganz in Ruhe aus dem Saal. Nun wusste er überhaupt nicht mehr, was er von dem Ganzen halten sollte. Was für ein merkwürdiger Tag. Er wollte einfach nur mit seinem Taxi nach Haus zu seiner Frau Lan fahren, sich ins Bett legen und die letzten zwölf Stunden vergessen.

Doch dazu kam Feng nicht. Als er seinen Wagen vor ihrem Haus abgestellt hatte, holte er noch mit einem Lächeln die Tasche mit den kalten Frühlingsrollen von heute Morgen aus dem Handschuhfach. Dann ging er Stufe für Stufe im Treppenhaus nach oben in den 3. Stock. Er würde Lan erklären, was alles passiert war und sie würde es verstehen. Bevor er jedoch seinen Schlüssel ins Schloss stecken konnte, ging die Wohnungstür auf.

Im Eingang stand seine Frau mit einem schönen bunten Kimono. Sie lachte, strahlte geradezu, drückte ihm einen Kuss auf, zog ihn in die Wohnung. Dann legte sie von hinten ihre Hände auf seine Schultern und führte ihn zur Küche.

„Ich habe doch gesagt, ich habe Dir heute etwas ganz Besonderes auf dem Huanan-Tiermarkt gekauft. Während Du noch unterwegs warst, war ich schon fleißig und habe es Dir gekocht.“

Feng schnupperte beim Gehen durch den kurzen Flur in der Luft. Den Geruch kannte er gar nicht.

„Was ist es denn?“

„Dreimal darfst Du raten …“

„Fisch?“

Lan lachte und schüttelte ihren Kopf.

„Nein, aber ich gebe Dir einen Tipp: Es lebt in großen Gruppen zusammen, hat Flügel und an den Füßen kleine Klauen mit Krallen dran …"

ENDE

Die Corona-Akten
Fakten, Hintergründe, Zusammenhänge

- Virenlabor am Wuhan Tiermarkt
  Wuhan Center for Disease Control and Prevention – Wikipedia

- Verschiedene Sicherheitsstufen und Virenlabore Wuhan
  Chinese Center for Disease Control and Prevention – Wikipedia

- Fledermausproben im Virenlabor am Tiermarkt
  Coronavirus: Forscher verdächtigt Fledermaus-Labor neben
  Wuhan-Fischmarkt (t-online.de)

  Woher kommt Corona? Ursprung von Coronavirus durch Forscher
  entdeckt (rnd.de)

- Fledermausviren aus Provinz Yunnan in Wuhan
  Corona-Pandemie: Stammt das Coronavirus doch aus einem Labor
  in Wuhan? (augsburger-allgemeine.de)

- WHO sieht Virenlabor am Wuhan Tiermarkt als mögliche
  Quelle für Corona
  Coronavirus doch ein Labor-Unfall? WHO-Experte mit brisanten
  Aussagen (t-online.de)

- Corona-Viren von Wildtieren übertragen
  Neue Studien: Coronavirus kam wohl vom Tiermarkt in Wuhan |
  tagesschau.de

- Corona-Viren in Fort Detrick
  Das US-Militär erforscht Corona – SWR Wissen

- US-Virenlabor in Fort Detrick nach Sicherheitsleck im August 2019 geschlossen

  CDC inspection findings reveal more about Fort Detrick containment breaches | American Military News

  Deadly Germ Research Is Shut Down at Army Lab Over Safety Concerns – The New York Times (nytimes.com)

- Fort Detrick wieder in Betrieb

  Army's Infectious Disease Research Center To Reopen With Limited Operations; More Details On USAMRIID Shutdown Emerge | KFF

- USA verweigern WHO-Kontrolle in Viren-Laboren

  Im Gegensatz zu China: USA verweigern Kontrolle ihrer Biowaffen-Labore – Schweizer Zeitung

- World Military Games Wuhan als Spreader

  World Military Games Wuhan verbreiten Corona-Virus

  The impact of the World Military Games on the COVID-19 pandemic – PMC (nih.gov)

  Chinese official spreads conspiracy theory „US Army" brought coronavirus to Wuhan – CBS News

- US-Regierung unterstützt Wuhan Virenlabor

  Nein, Obama hat Labor in Wuhan nicht mit 3,7 Millionen Dollar unterstützt (correctiv.org)

- Geheime Corona-Akten per Gesetz in USA zugänglich

  Biden unterzeichnet Gesetz zur Freigabe von Corona-Geheimdokumenten | tagesschau.de

- Neue Variante der Schweinepest in China

  Tierseuchen – In China: neue Variante der Afrikanischen Schweinepest (deutschlandfunk.de)

- Schweinpest-Viren durch Impfstoffe mutiert

  Fragen und Antworten zur Afrikanischen Schweinepest (ASP) | Deutscher Jagdverband

- 5-G-Strahlung unterstützt Corona-Erkrankung?

  5-G und Corona: Gibt es einen Zusammenhang? (nzz.ch)

- Illegales chinesisches Virenlabor in USA

  Kriegsvorbereitung? USA entdeckt geheimes chinesisches Biolabor in Kalifornien – FOCUS online

- Neue Corona-Viren resistent gegen Impfstoffe

  Fledermäuse und Corona-Pandemie: In Russland entdecktes Virus könnte gefährlich werden – n-tv.de

- Spanische Grippe-Virus: Ursprung USA

  An der „Spanischen Grippe" sind von 1918 bis 1920 weltweit rund 20 Millionen Menschen gestorben. Wissenschaftler gehen davon aus, dass der Erreger von US-Soldaten nach Europa gebracht wurde – Wikipedia